鼠、十手を預かる

赤川次郎

角川文庫
23825

目次

鼠、無名橋の朝に待つ

朝まだき

体の芯まで冷え切ってくる朝だった。

どうして雪にならないのかといぶかるほどの寒さの中、霧のような雨が降っていた。傘をさしても、細かい雨にはほとんど役に立たず、雨にまとわりつかれたように体中が濡れていた。

「ごめんなさいね、次郎吉さん」

と言ったのは、女医の千草である。

「いやなに……。それより、千草さんこそ夜っぴて患者を診ていなすったのに……」

「それは医者の役目ですもの。わざわざ次郎吉さんにご案内をお願いしたばっかりに」

二人とも、声は囁くようだった。話しながら吸い込む空気が凍えるように冷たかったのだ。

冬の遅い夜明けで、やっと辺りが見えてくる程度の明るさだった。

夜、突然の使いで、急な発作を起こしたという患者に、千草の父、仙田良安は自分が風邪をひいて寝込んでおり、次郎吉とその妹、小袖の所で鍋をつついていた千草へと、助手のお国(くに)を走らせたのである。

行先を聞いて、千草には不案内な辺りというので、

「兄さん、案内してておあげなさいよ」

と、小袖が兄をつついた。

「ああ、いいとも」

ちょっと酒も入っていて、次郎吉は気軽に腰を上げたが……。

夜明け近くになって、やっと静かに眠った患者のもとからの、この帰り道。

「お国ちゃん、大丈夫なの？」

と、千草が薄着のお国を気づかうと、

「百姓はこんな寒さぐらい、どうってことありません」

と、いつもながら元気のいい少女である。

「次郎吉兄さん」

「何だ」

「千草先生をしっかり抱いてくといいですよ。あったまるし」

「よせ。そんなことできるか」

と、次郎吉はお国をにらんだ。

「さあ、もう少しだわ」

と、千草が白い息を吐く。

「あれ？」

と、お国が、「橋のとこに誰かが……」

「橋？」

ずいぶん古びた橋である。下の堀の水に細かく雨が煙っていた。

その橋の中ほど、誰かがうずくまっているようだ。

「よく見付けた」

と、次郎吉が言った。「具合が悪いにしても、傘もなしで、あれじゃ凍え死ぬ」

「本当ですね」

さすがに千草は寒さも忘れたように足を速めて、橋へと急いだ。むろん次郎吉も遅れずに続く。

「まあ……」

千草が思わず息を呑んだのは、うずくまっているのが、二十歳になるかどうかの町娘だったからで、顔は紙のように白い。

「脈は？」

次郎吉が千草の傘を持ってさしかける。千草はその娘のそばにしゃがみ込んで、娘の手首の脈を取った。

「打っていますが、弱いわ。凍え切っている。急いで診療所へ運ばないと」

次郎吉は、

「お国！」

と、大声で、「診療所へ走れ！　湯を沸かしておくんだ！」

「はい！」

お国が駆け出して行く。次郎吉は二本の傘を千草へ渡すと、

「この娘をおぶって行きます。千草さんは後から」

「はい！　お願いします。私も走ります」

次郎吉は娘を背中におぶった。そして、お国の後を追って走り出した。


「生き返ったぜ……」

と、次郎吉は呟いた。

診療所の風呂に浸っている。あの霧雨の中、冷え切って意識のない娘を、ここまでおぶって来た。

そして、凍え切った体を、熱い風呂に浸しているのだ。

しかし――次郎吉はこうして風呂に入っていられるが、千草もお国も、休みもせず、あの娘を助けようと頑張っている。

「かなわねえな、千草さんにゃ」

と、手拭いで顔を拭きながら呟くと、戸がガラッと開いて、

「何がかなわないの？」

と、顔を出したのは、妹の小袖。

「おい！　覗くな！」

「兄さんの裸なんて見慣れてるわよ」

と、小袖は言った。「ここからお使いが来たの。兄さんの着るものを持って来たわ。ここに風呂敷に包んで置いとくからね」

「分ったよ」

「ごゆっくり」

と、小袖は言って戸を閉めた。


「どんな具合？」

と、小袖は奥の部屋を覗いた。

「小袖さん、わざわざ悪いわね」

と、千草は言った。

「いいえ。兄さんはあれでも丈夫だから。人助けも好きだし」

「よく知ってるわ」

お国が、布団に寝かした娘の裸の体を、せっせとこすっている。

「――橋の上でうずくまってたって?」

と、小袖は言った。

脱がせた着物が広げてある。――上等な品だ。

「どこか、いい家のお嬢さんのようね」

と、小袖はお国が息を弾ませているのを見て、「私、代ろうか?」

「大丈夫です。私もこうしてると体があったまるんで」

「そう。――それにしても、雨の中で、何してたのかしら? どこの橋?」

「この診療所の裏手の道を行ったところ」

と、千草が言った。「私もめったに通らないから。何という橋なのかしら」

「あれは〈名無し橋〉っていうんです」

と、お国が言った。

「お国ちゃん、知ってるの?」

「買物に行くのに近道で。古い橋で、名前が消えちゃって読めないんです。それで、〈名無し橋〉って」

「そういうことか」

と、小袖が笑った。

娘が小さく声を洩らした。眉を寄せて、ちょっと辛そうに頭を左右へ動かす。

「顔色が戻って来たわね」

と、千草は言った。「お国ちゃん、ご苦労様。もういいわ」

「はい」

お国が両手をブルブル振った。

「兄さんが出たら、お風呂に入るといいわ」

と、小袖が言った。

「でも、そろそろ朝の薬をのませなきゃいけない人が――」

「他の人にやらせるから」

と、千草が言った。「あなたは眠りなさい。ゆうべから一睡もしてないんだから」

「でも、千草先生だって――」

「分ってるわ。この娘さんの様子をもう少し見てから、寝るわよ」

そこへ、次郎吉が顔を出して、

「どうなった？」

「兄さん！　覗いちゃだめ！」

「おい、別に俺は――」

と、千草は笑って、娘の体を布団で覆ったが——。

娘が目を開いた。そして、わけが分らない様子で千草や小袖を見ると、

「ここは……どこですか?」

と言った。

「気が付いたわね。どう気分は? あなた、雨の中で凍えて気を失ってたから、ここへ運んで来たの。ここは診療所よ」

千草の言葉に、娘はしばらくぼんやりしていたが、

「あの……橋に誰かが……」

「橋? あなたのいた橋のこと?」

「あそこに……。私、あの橋に行かなきゃ!」

娘は突然起き上ると、裸なのに気付いて、

「キャッ!」

と、布団を引張り上げた。

「すぐに動いちゃだめよ。あなた、死にそうだったんだから」

「でも……行かないと! あの橋で待ってなきゃ! もう一生会えなくなる!」

娘は取り乱していた。「あそこへ——あの橋へ、連れてって下さい! あの橋へ!」

「大丈夫ですよ」

「落ちついて！　今はおとなしく寝てなきゃ」

千草の言葉など耳に入らない様子で、娘は、

「あの橋に……。あの人が来るんです！　私を待ってる！」

その声は、ほとんど絶叫に近くなっていた……。

娘ごころ

「何ともお恥ずかしい限りで……」

いかにも大店の主という風格を感じさせるその男は、千草と次郎吉を前に、深々と頭を下げた。

「いいえ。お帰りになれて良かったですわ」

と、千草は言った。「ただ、お体が弱られていますから、身になるものをしっかり召し上って。少し江戸を離れて気分を変えられるのもいいかもしれません」

「ありがとうございます。私どもも、充分気を付けて、二度とこんなことのないようにいたします」

〈八代屋〉の主人、彦右衛門はていねいに言って、「店の者を付けて、湯治にでも行かせようかと……」

「それはお任せいたしますが、真美さんのお気持もよく訊いて、決して無理なさいませんように」

と、千草は言った。

あの、雨の中で凍え死にしそうだった娘は、手広く舟荷を扱う問屋〈八代屋〉の娘、真美だったと知れて、数日後、こうして家へ戻したのである。

今年十九になるという真美は、あの騒ぎの後はすっかりふさぎ込んで、ほとんど口をきかなかったが、お国が市中で〈尋ね人〉の貼り紙を見て来て、素性が知れた。訊いてみると、真美も自分のことだと肯いた。そして、駕籠で連れ帰られるのにも、別段逆らわなかったのである。

「たまたま惚れた男がおりましてな」

と、彦右衛門は言った。「いい加減な口約束を、娘は信じてしまったようで……。しかし、私どもも商いが忙しく、娘がそこまで思い詰めているとは気付きませんで」

彦右衛門がポンと手を打つと、立派な膳が運ばれて来た。

「私どもは、もう失礼いたしますから」

と、千草は辞退したが、

「いえ、私どもも〈八代屋〉でございます。娘の命を救って下さった方を、このままお帰しするわけには」

断り切れず、千草と次郎吉は料理に一応はしをつけて、二口三口、酒を飲んで、〈八代屋〉を出た。

帰りがけには菓子折を持たされたが――。

「――次郎吉さん、何を考えてなすったの？」

と、千草が表に出て言った。

「何を、と言うと？」

「ひと言も口を出さずに、ずっと黙っておいでだったから。いつもの次郎吉さんなら、何か探りを入れるでしょう」

「参ったな」

と、次郎吉は苦笑して、「千草さんから、そんなお節介やきに見られてたとはね」

「そういうわけじゃありませんけど」

そこへ、タッタッと駆けて来る足音が、二人の背後に近付いて、

「あの――」

と、息を弾ませた女が、「真美の母、とめでございます。これを」

千草のたもとに文らしいものを入れると、

「どうか――真美を守ってやって下さいまし！」

と言うなり、戻って行ってしまった。

「そういえば、お内儀(ないぎ)が出ておいでではありませんでしたね」

と、千草は言った。「今の方が？」

「それにしちゃ、ちょっと妙だ。どうも、俺がちょっかい出さなくても、向うから係(かかわ)って来そうですね」

「今の文は……」

もう辺りは暗くなっている。「私、診療所へ戻らないと。父がやっと熱は下ったのですが、まだ病人を診るまでにはいかないので」

「千草さん、また改めて」

と、次郎吉は言った。「遅くなると小袖の奴に文句を言われるんで」

「じゃあ……これ、次郎吉さんが読んで下さいな」

と、千草はたもとから文を取り出して、次郎吉の手に押し込んだ。

「そうですか。それじゃ……」

お預かりします、と言わぬ内に、千草はほとんど駆け出すように行ってしまった。

残った次郎吉は、その文を懐へ入れると、

「とめ、と言ったか、あのお内儀」

大店の女房にしては、身なりがいささか地味に過ぎた。病で寝込んででもいたのだろうか？

そして、「真美を守ってやって下さい」と言ったのは、どういう意味だろう。

「ま、いずれ知れるさ」

と呟いて、次郎吉は長屋へ帰って行ったが……。


「何か人に知られたくないことでもあるのかしらね」

と、小袖が言った。「一人でおいしいもの食べて来て、ずるい！」

「出されて、手をつけねえんじゃ失礼じゃねえか。口をつけたぐれえだよ」

「じゃ、これから何か食べに出ましょうか。道場で評判になってるお店があるの」

言いながら小袖は菓子の箱を開けた。

「中は何だ？」

「最中(もなか)だけど……。兄さん、これ」

小袖は箱をひっくり返した。最中と一緒に落ちて来たのは、紙で包んだ小判だった。

「おい……。いやに重いとは思ったが」

と、次郎吉も目を丸くしている。「いくらある？」

「五両ずつの包みになってる。──三十両だわね」

二人は顔を見合せた。

「こいつは、ただの礼金じゃねえな。娘がしたことを口外するなって口止め料だ」

「でも、好きな男を待ってたってだけでしょ？」

「その男が問題なのかもしれねえな」

「というと？」

「少なくとも、〈八代屋〉と係りがあると知られたくねえ人間なんだろう」

「このお内儀の文に何か？」

「うん……。千草さんに渡したもんだからな。俺が読んでいいもんかどうか」

「でも千草さんが兄さんに渡したんでしょ」

「それはそうだ。──ま、ともかく何か食いに行って帰ってから読もう」

「そうしましょ。道場で汗かいて、お腹が空いてるの！」

と、小袖は勢い込んで立ち上った。「この三十両、どうするの？」

「そうさな。尋ね人を見付けて、三十両は多過ぎだ。千草さんの方の菓子箱にも入ってただろう。明日にでも、どうするか訊いてみよう」

「そうね」

「出かけよう。風が冷たいぜ。何か体があったまるもんがいいな」

二人は長屋を出た。

酒で体があったまっている内に、と次郎吉と小袖は北風に追われるようにして長屋へ帰って来た。

「この分じゃ、そろそろ雪になるかもしれねえな」

と、次郎吉は言って、戸を開けようとした。

一瞬、次郎吉の手が止った。小袖が、

「布団に何か掛けるものがいるわね」

と言った。

次郎吉が戸を一気に開けると、中の暗がりから白刃が突き出されて来た。

小袖が身を沈めて、相手の脚を打った。

「ウッ」

と、短い声を上げて、男が一人、よろけるように出て来る。

「てめえ、何だ！　空巣か？」

次郎吉が身構えると、男は転げるようにして逃げて行った。

「兄さん――」

「追うより、中を見よう」

「ええ」

明りを入れると、戸棚や押入れが開けられたままで、中をかき回してあった。

「何かを捜したみたいね」

と、小袖は言った。「兄さん、あの文は？」

「懐に入れといた。こいつを捜しに来たのかな」

「分らないけど……」

「おい、あの三十両は？」

「私が懐に入れといたわ」

「さすがだ」

「〈鼠〉が空巣に入られちゃ、みっともないでしょ」

「しかし、今の奴……」

「はっきり見えなかったけど、お侍みたいだったわ」

「お前もそう思ったか。だが、どうして侍がここに？」

「兄さん、ともかくその文を、まず読んでみましょうよ」

と、小袖は言った。

湯治

次郎吉の顔を見るなり、千草は、

「菓子箱のことですね」

と言った。「そちらにも？　びっくりしました」

同じ三十両が入っていたという。

診療所へやって来た次郎吉は、診察が一段落するまで待っていた。

お国が茶を出してくれて、

「次郎吉兄さん、むつかしい顔してますね」

「そうかい？」

「誰かに袖にされたんですか？」

「何言ってやがる。子供のくせに」

と、次郎吉が苦笑して茶をひと口飲むと、千草がやって来たのである。

「この三十両、診療所へいただいて……」

「まあ、そうですねえ」

と、次郎吉は言った。「しかし、俺が三十両もいただく理由がありませんよ」

「三十両！」

と、話を聞いていたお国が目を丸くして、「私にくれたら、山ほどお団子食べられますね！」

「何か隠したいことのあるお金だったら、受け取れませんね」

と、千草は言った。「でも、何も言わずに三十両渡しても、何の意味だか相手に伝わりませんよね」

「そうなんです」

と、次郎吉は肯いて、「それで……あの〈八代屋〉のお内儀からもらった文です」

と、懐から取り出して、千草の前に置く。

「読みました？」

「ええ。――乱れた字です。あのお内儀が、人目を避けて走り書きしたんじゃねえかと思いますね」

千草は文を広げた。

〈娘を助けて下すった方。お礼の申しようもございません。

お願いでございます。真美を守ってやって下さいませ。あの子を一人にしないでやって下さい。どうかあの子の幸せを　とめ〉

千草は首を振って、

「走り書きですね、ほんとに」

「好きな人を待っていた、ってだけじゃねえようです」

「どうなさるんですの？」

「小袖が、〈八代屋〉についての噂のあれこれを仕入れに行くと言ってます。何かよほどのことがありゃ、下働きの娘たちが噂しねえわけがねえ」

「それなら、次郎吉兄さん」

と、お国が不服そうに、「私に言いつけて下さいな。そういう話を聞き込むのは、得意です！」

「お前はここの手伝いだろ」

「でも、私は次郎吉兄さんのもう一人の妹です！　そりゃあ小袖さんほど美人じゃないけど」

千草が笑い出して、

「お国ちゃんも、すっかり大人になったわね。でも、次郎吉さんはお国ちゃんの身を心配してるのよ。裏に何か物騒なことが隠れてるかもしれないでしょ」

「大丈夫です。危いことがあったら、逃げ足は速いですから」

「どうやらお国ちゃんの気を変えさせることは難しそうね。次郎吉さん――」

「分った。しかし、怪しまれねえようにするんだぜ」

「はい！　じゃ、早速」

お国はパッと立ち上って出て行った。

「――せっかちな奴だ」

と、次郎吉はため息をついた。「じゃ、千草さん。この文はお手許に。三十両は、今しばらく手をつけないでいましょう」

「それがよろしいようですね」

千草は、患者の様子を見に立って行った。

「お国ちゃんがね」

と、話を聞いて小袖は言った。「私より目立たなくっていいかもしれないわ。私がこんな剣術の道具をかついで歩いてるよりもね」

夕方になって、次郎吉は小袖の道場へやって来ていた。

もう稽古は終り、小袖も着替えている。

「あ、これはどうも」

と、汗をかいた顔でやって来たのは、この道場に通う旗本の息子、米原広之進。

小袖からいつも散々やっつけられているが、小袖に惚れているらしく、せっせと通って来る。次郎吉にも顔なじみだ。

「広之進さん、さっぱりしたいいお顔をなすってますね」

と、次郎吉が言うと、広之進は嬉しそうに、

「そうですか？　いや、この道場にいると、すがすがしい気持になるんです」

「広之進様」

と、小袖がちょっとにらんで、「もっと厳しいお気持でないと、上達しませんよ！」

「あ、もちろん分ってますよ。何しろ小袖さんが可愛いですから。――あ、いや、怖いですから」

と、あわてて言い直すと、「では、汗を流して来ます！」

と行ってしまった。

「本当にもう……」

と、師範代の小袖は渋い顔。

「いいじゃねえか、純情で」

「剣の道は、そんなに甘いものでは――」

と、小袖は言いかけて、「あら、お国ちゃん」

「あ、やっぱりここだったんですね」

と、お国は息を弾ませて、「今ごろは次郎吉兄さん、小袖さんの顔が見たくて道場だろうと思って」

「何言ってやがる。毎日見てる顔だぜ」

と、次郎吉は苦笑して、「どうしたい。〈八代屋〉の方は」

「ええ、二、三小耳に挟みました」

と、お国は言った。「真美さんが惚れてる相手は、前田哲之助といって、国崎藩のお侍だったんですが、酒の上での喧嘩で、同輩のお侍を斬ってしまい、出奔しているそうです。真美さんはその前田ってお侍をずっと待ってるそうで。それと、明日、〈八代屋〉の番頭と手代、それに女中がついて、真美さんは奥伊豆(おくいず)の方へ湯治に出かけるそうですよ」

次郎吉は呆気(あっけ)に取られて聞いていたが、

「お前、そんなに色んなことを――」

「ああいう所の下働きの子たちは、噂話だけが楽しみですもの」

と、お国は言って、「じゃ、私、診療所へ戻ります」

と行きかけたが、

「あ、そうだ。〈八代屋〉の彦右衛門って、ともかく女好きで、お内儀のとめって方を奥の座敷に閉じ込めてるそうですよ。ひどい奴ですね！　今、彦右衛門の囲い者になってるのはまだ二十歳そこそこの女で、早くとめさんを離縁して、お内儀(かみ)さんにしてくれ、って旦那(だんな)をずっとせっついてるんですって。真美さんがその女を嫌ってるんで、女の方じゃ真美さんが邪魔なんですよね。湯治なんかに行ったら、途中で何があるか分らないって、みんな言ってました」

お国はそれだけ言うと、「じゃ、小袖さん、またお団子食べましょうね！」

と、駆け出して行ってしまった。

次郎吉は小袖と顔を見合せて、

「あいつ……忍者にでもなるといいな」

と言ったのだった。


「旦那」

と、女は言って酒を注いだ。「それで、湯治のことは……」

「心配するな」

と、彦右衛門は女の胸元へ手を入れて、「お前の肌は本当に触り心地がいいな」

「旦那、お酒がこぼれますよ」

と笑って、女は別に怒る風でもなく、彦右衛門の手を押し戻した。

「真美さんは素直に出かけたんですか？」

と訊くのは、〈八代屋〉彦右衛門に囲われて、この妾宅に暮している女、お光。

二十歳にあとひと月ほどだが、しっとりと滑らかな肌は、大店の主をしっかり搦め捕るに充分な魅力を持っていた。

「真美はすっかり腑抜けのようになっちまったよ」

と、彦右衛門は、それでもちょっと寂しげに、「あんなに明るい娘だったのに……」

「恋わずらいってもんですよ。でも、いずれ忘れますよ、きっと」

「そうかな」

「湯治には誰が一緒に？」

「番頭に向うまで送らせた。あっちじゃ、真美と仲のいい女中のまきを付けてある。とりあえず、ひと月ほどゆっくりさせようと思ってる」

「いいじゃありませんか。私も湯治に行ってみたいわ」

「連れてってやるとも」

「本当？　でも——ずっと先の話でしょ？」

「まあ、待て。とめがこのところ具合が良くない。世間の目ってもんがあるからな。あの仙田良安の診療所に行かせようと思ってるんだ」

「ああいう、一見弱々しい人は、長生きなのよ。旦那は知らないでしょうけど」

「そう焦るな。お前の気持はよく分ってる」

「だって、旦那。私もじき二十歳なんですよ。旦那の子を産みたいわ」

彦右衛門はニヤリと笑って、

「可愛いことを言う奴だ」

と、お光を抱き寄せた。

だが、彦右衛門は、お光の口もとにフッと浮んだ冷ややかな笑みに気付かなかった。

「お内儀さん」

と、女中が声をかけた。「お膳をお持ちしました」

薄暗い座敷の奥で、とめは、

「置いてっておくれ」

と、気のない声で言った。

「冷めない内に召し上って下さい。煮ものがいい味ですよ」

女中の言葉が聞こえているのかどうか、とめは何も言わなかった。

「じゃ、置いて行きますから」

女中は戸を閉めると、錠を下ろした。

とめは、この奥座敷にほぼ一日中、閉じ込められている。湯浴(ゆあ)みや、店の用でどうしても必要なときだけ出してもらえるのだ。

真美を救ってくれた、あの二人を追いかけて文を渡したのは、湯浴みのために座敷を出たときだった。

世話係というものの、本当のところは、とめを見張る役目の女中を突き飛ばして、外へ駆け出したのだ。——その後は、とめに二人の女中が付くようになった。

もともとが、身代の傾いた店の娘だったとめは、すでに実家が廃業して両親も亡くなり、帰る所がない。彦右衛門が若い女をいくら側に置こうが、とめには口出しできなかった。

その内、逆らう気力も失せて、こんな座敷牢に押し込められるまでになってしまった……。

せめて――せめて、一人娘の真美だけは、幸せになってほしい。

とめは、畳の上に置かれた膳に目をやった。他にすることもない。

重い腰を上げて、膳を取って来ると、行灯の明りのそばに置いて、はしを取った。

椀はまだ少し温かい。口をつけようとすると――。

「召し上っちゃいけませんぜ」

と、突然男の声がして、とめはびっくりして椀を取り落とした。汁が畳にパッと広がる。

え？――どこで声が？

周りを見回していると、天井から黒い人影がフワリと下りて来て、行灯の明りが消えた。

「お静かに」

と、その影は言った。「〈鼠〉って者でさ」

「まあ……。本物の〈鼠〉さんですか」

と、とめが目を丸くしている。「でも、どうしてこんな所へ？　ここに千両箱はありませんよ」

「人が毒を飲んで死ぬのを放っとけませんのでね」

「毒？　この膳が？」

「何かの毒にあたったことにされてたでしょうね。あんたを邪魔に思ってる者の企(たくら)みでしょう」

「それなら、お光でしょうね。旦那様はいくら何でも……」

「どうですかね。——いいですか、危いのはあんただけじゃねえ。お光って女にとっちゃ、娘さんも目ざわりなはずだ。あんたも、娘さんのために、闘う勇気をお持ちなせえ」

「真美が？　あの子の身に何か……」

　と、とめが青ざめる。

「湯治に出かけましたがね、ついて行ったのは、まきって女中でしたよ」

「まきが……。あれも旦那様の手の付いたことのある女中です」

「娘さんは頼りにしてらっしゃるとか」

「同い年ですし、よく真美の外出について歩いていましたから。でも——旦那様の手が付いてからは、お光と通じているようです」

「湯治先で何が起るか分りませんぜ」

「まさか……。真美。——どうしたらよろしいのでしょう？」

とめの声が震えた。

「いいですか。よくお聞きなせえよ」

と、〈鼠〉は言った。

底力

「誰か！　――誰か来ておくれ！」

叫び声が屋敷の中に響き渡った。

女中があわてて、駆けつけて来る。

「お内儀さん、どうなさいました？」

と、格子戸の外から声をかけた。

「苦しい……。息が……息ができないんだよ。お医者様を……呼んどくれ」

とめが口から泡をふいて畳に這った。

「お待ち下さい。あの――旦那様に伺って参りますから」

「早く……早く……。苦しい！」

と呻いたと思うと、とめが突然パッと畳の上に血を吐いて、突っ伏した。

「キャッ！」

と、女中が悲鳴を上げる。

とめは伏せたまま動かなくなった。――女中は胸を押えて、

「これで……これでいいんだわね」

と、息をついた。「もう……うんとお手当をいただかなきゃ、合わないよ」

ブツブツ言いながら、錠を外して、座敷の中へ入る。

そして、伏しているとめに、布団をかけてやると――。

突然、とめがパッと起き上ると、仰天している女中の腹を力一杯けりつけた。女中は白目をむいて気絶してしまった。

「おみごと」

と、次郎吉は言った。「その女中に布団をかけて、出ましょう」

「はい！」

とめは、いつもとは別人のように、女中のたすきを解いて、それで手足を縛り上げ、布団でくるんだ。

座敷を出ると、

「裏の木戸を出ると、早駕籠が待ってます」

と、次郎吉が言った。「行先も分ってますから」

「ありがとうございます！」

とめは庭へ下りると、裏の木戸へと走った。

次郎吉は座敷に錠をおろすと、

「やりゃ、できるもんだな」

と呟いた……。


「お嬢様」

と、まきが障子を開けて、「おやすみの前に、お湯にお入り下さい」

「またかい？」

と、真美は面倒くさそうに、「ふやけちゃうよ」

「せっかく湯治においでになったのですもの」

と、まきは笑って、「私、お背中を流しましょうか」

「一人で行くわ」

と、真美は立ち上ると、「外は寒そうね」

「山の中ですもの。でも、朝早くにお散歩されると、気持いいですよ」

「私はのんびり寝てた方がいい」

真美は浴衣の上に丹前をはおって、手拭いを手に、部屋を出た。

「おお寒い！」

底冷えのする廊下を、いやでも足早に急ぐ。この寒さは、温泉に入ったときの快さを増してくれる仕掛けなのかもしれない。

後から建て増しをした棟から、渡り廊下を通って、岩風呂へと向う。すると――。

足下にコロン、と小石が落ちた。

「え?」

どこから飛んで来たのだろう? 足を止めて見ると、石を紙でくるんである様子。

拾い上げた真美は、小石を包んだ紙を外して広げてみると、息を呑んだ。

〈真美殿　遅くなってしまってすまぬ。迎えに来た。明晩、夜ふけに岩風呂へ。待っている。　哲之助〉

「ああ!　――哲之助様!」

体がカッと熱くなった。今――これを投げて、どこに……。

しかし、他にも湯へ入りに行く客がいる。真美はその文を大事に折りたたむと、懐へ入れた。

やっぱり!　前田哲之助様は本当に私を愛しく思って下さっているのだ!

間違いなく、哲之助様の手だ。

「ああ……明日だなんて!　今すぐだって、私は……」

でも、それは無理というものだ。まきが起きている間は。

真美は、女中たちの中では、まきを気に入っている。しかし、この湯治について来るとき、まきは彦右衛門にこっそり呼ばれて、何か耳打ちされていた。真美はたまたまその光景を見てしまったのである。

そして、他の女中たちの噂話で、まきが彦右衛門の妾になるかもしれないとも聞いていた。

何としても、まきに気付かれずに出なくては……。

真美は、ザッと湯に浸って、すぐに出て部屋へ戻った。

「お嬢様、早かったんですね」

まきがびっくりしている。

「お湯に浸ってたら、お腹が空いちゃったわ！　なにかこしらえられないか、訊いておくれ」

と、真美は言った。

「まあ……」

ちっとも食欲のなかった真美の変りように、まきは目を丸くした。

隙間風が身にしみて、思わず首をすぼめる。

同じ温泉地の宿屋といっても、真美の泊っている老舗とはわけが違う。急ごしらえの仮の宿で、小屋と呼んだ方がいいような安宿は、路銀の乏しい旅人で混んでいた。

その部屋の隅にもたれて、半ば眠っていた浪人は、ちょっと足をつつかれて目を開いた。

「お前か……」

と、浪人は言った。

「ちょいと表に」

と、その男は言った。

「この寒いのにか」

「旦那、こいつがありますぜ」

と、男は酒を見せた。

「ありがたい！」

と、浪人が手を伸すのを、

「話がすんでからですよ」

と抑える。

「分った」

――二人は外へ出た。

「一口飲ませろ。凍え死にしそうだ」

「まあいいでしょう」

と言ったのは、ここまで真美について来た番頭だった。「一口だけですよ」

「あの文は……」

「ええ、間違いなくお嬢様の手許に」

「そうか……」

「いいですね。今さら気が咎めるなんて言わないで下さいよ」

「分っている」

浪人は、前田哲之助だった。——出奔したころとは別人のように、荒んでいる。

「銭のない辛さが身にしみてらっしゃるでしょう。お嬢様を手にかけて、大枚三十両が手に入りゃ、いずれどこかへ仕官することだって……」

「もういい」

と、哲之助は遮って、「間違いなくやってのける。心配するな」

「盗賊、追いはぎの類に見せて下さいね。旦那様だって、お嬢様のことは大事に思ってなさいます」

「番頭のくせに、主人を裏切るのか」

「私にだって、あのお光さんほどでなくても、ちょっといい女がありますんでね」

と、番頭がニヤリと笑った。「お光さんから、礼金だけでなく、いざお内儀さんにおさまったときには大番頭に、と約束していただいてます」

「結局は金か。そうだろう」

「そいつはお互いさまで。前田さんへの三十両も、お光さんから出てるんですよ。そいつを忘れずに」

「分っているとも」

「その代り、以後は一切係りなしということで。よろしいですね。後で金をせびりに来るようなことは――」

「江戸へは近付かん。おい、三十両を五十両にはできんか」

「前田さん、今になって……」

「よその地へ行って、別の生活を始めるのだ。三十両では心もとない」

番頭はちょっと顎を撫でて、

「お光さんに話してみましょう。ですが、明日は無理ですよ」

「分った。ともかく――明日の晩だな」

「よろしく。酒で暖まって下さい」

「言われなくても、だ」

前田哲之助は、思い切り酒をあおると、安宿へと戻って行った。

始末

夜になるのが待ち遠しかった。

真美には、しかしもう一つ問題があった。もちろん、まきの目をどうごまかすか、である。

「――ねえ、まき」

夕飯の膳が運ばれてくると、真美は言った。「私、ちょっとお酒が欲しいわ」

「お嬢様……」

「そうびっくりしなくたって。私だって少しは飲めるわ。寒いときの一杯ぐらい。三々九度で酔っ払っちゃ、みっともないでしょ」

「じゃ、一本だけ」

と、まきは女中に頼んだ。

真美は、まきが酒好きだということを知っていた。ときどき夜中に台所で、こっそり飲んでいる。

真美が一口だけ飲めば、当然残りはまきが飲むだろう。――ここまでついて来たものの、酒が飲めなくて辛いはずだ。

「――お嬢様、もういけませんよ」

と、まきは言った。「お顔が真赤になってらっしゃるじゃありませんか」

「でも、残しちゃもったいないじゃないの」

「そんなことおっしゃって。旦那様に言いつけますよ」

まきは一口飲むと、たちまち飲み続けた。久しぶりで、酔いも回るだろう。

「ああ、おいしい！」

と、まきは赤くなって、「私……ちょっと横になっても……。お湯は後で……」

と、座布団をたたんで、ゴロリと横になると、寝入ってしまった。

「これでいいわ」

真美は、急いで旅仕度をした。――夜中には少し早いが、まきが目を覚ますといけない。

人目につかないように、渡り廊下から表に出る。肌を刺すような冷たい風も、今の真美は全く気にならなかった……。

外の道へ出ると、周囲を見回す。

ああ……。早く、早く……。

ジリジリしながら待っていると――。

「真美殿」

と、呼ぶ声がした。

「――哲之助様！」

振り返った真美は、思い出の中の恋しい人と、あまりに違ってしまったその姿に、しばし呆然とした。

「こんななりで、面目ない」

と、前田哲之助は言った。「浪人暮しはなかなか辛くてな」

「哲之助様……。ご苦労なさったのですね」

「しかし、何とか……。こうして会えたからには、もう放さぬ」

「はい！」

「お付きの者がいるだろう」

「女中は眠っています。お酒に酔って」

「そうか。では――ともかく気付かれぬ内に、ここを離れよう」

「ええ。どこへでもついて行きます」

「嬉しいぞ。では……。真美殿、金子は持っているか」

「女中が預かっていた分を持って来ました。二十両ほどあります」

「当座は充分だ。――寒かろう。ともかく山道を急ごう」

「はい！」

哲之助に手を引かれ、真美は宿を後にした……。

幸いの冴えた月明りで、提灯なしでも足下はよく見えた。

しばらく一気に山道を辿って、

「ちょっと……ひと息つこう」

と、哲之助が足を止める。

「ああ……。必死で歩いてくると、暑いわ」

真美は額に汗をかいていた。「喉が……。飲み水を持って来ませんでした」

「水か。今の角辺りに、清水の音がしていた。くんで来よう。その岩にでも腰をおろして、休んでいなさい」

「はい。——すぐ戻って下さいね」

「むろんだ」

哲之助が道を戻って行くと、真美は息をついて、平らな岩にかけた。

——こうして、哲之助について来たが、真美はどこか冷めた気持を抱えていた。

二人で逃げて、どこでどうして暮して行くのだろう？　哲之助は当分浪人暮しと思わねばならない。

「どうなるのだろう……」

と呟いた真美は、背後に石を踏む音を聞いて、「──哲之助様？」

振り向いたとたん、下腹を打たれて、そのまま気を失って倒れた。

「貧乏だ」

と、哲之助は一人、呟いた。「何よりの敵は、貧乏だ……」

金がなく、飢えることの辛さ、恐ろしさが骨身にしみていた。──あんな小娘と、

貧しい浪人の暮しがどんなことになるか。

惚れたところで、金にはならない。腹は一杯にならない。

「許せよ」

と呟いて、刀を抜いた。「苦しまないように死なせてやる。せめてもの情け……」

そっと戻って行くと、月明りの下、誰かが立っていた。

「──誰だ」

「前田哲之助様ですね。小袖という者。真美さんを殺させないのが私の務めです」

「何だと？」

「番頭との密談、聞きましたよ。真美さんは、あなたをあの橋で待っていたのに」

「小娘の遊びに付合っていられるか。俺は金が欲しいのだ」

「お気の毒です」

小袖が小太刀を抜いた。「寿命が尽きたと諦めなさい」

「何を！」

刀を振り上げ、斬りかかる。

足の運びももたついていた。小袖の体が素早く脇へ跳んで、勝負は一瞬でついた。


「真美さん！　しっかりして！」

小袖が揺さぶると、真美は呻くような声を上げて、目を開けた。

「気が付いたのね！　もう大丈夫よ」

「ああ……。あの……診療所で……」

「ええ、小袖よ。憶えてる？」

「あの……どうしたんでしょう、私？」

と起き上って、「誰かに殴られたような……」

「山賊に襲われたのよ」

「山賊？」

「大きな男が三人も！　私、真美さんのことを、彦右衛門さんに頼まれてたので、後を追って来たんだけど……。怖くて、少し手前で隠れてたの」

「哲之助様は？　――あの人、どこに？」

と、真美が周囲を見回した。

「哲之助さん？　じゃ、あの浪人が、あなたの待っていた……」

「一緒に来たんです！　ここまで一緒に」

「真美さん」

と、小袖は真美の肩に手をかけて、「あなたが連れ去られそうになったとき、浪人さんが一人、刀を振って駆けつけて来たの」

「それじゃ……」

「あなたを守って、必死で闘ってたわ。でも、何しろ相手は三人で……。だけど、向うも傷を負って、逃げて行った」

「哲之助様は……」

「向うに倒れているわ。気の毒だけど、もう、息は……」

真美はフラッと立ち上ると、月明りの下、抜き身を手に倒れている哲之助の方へと、よろけるように歩いて行った。

そして、哲之助の上に身を投げ出すと、声を上げて泣き出した……。

宿へ戻ると、

「真美！」

と、飛び出して来たのは、とめだった。

「お母様……」

泣きはらした目を見開いて、真美はびっくりした。「どうしてここへ……」

「お前を守ってやらなきゃと思ってね」

とめは、真美をしっかりと抱いて、「無事で良かった！」

「あの人が……。哲之助様が……」

と言いかけたが、言葉にならない。

「今はお休みなさい」

と、ついて来た小袖が言った。「お内儀さん。話はまた後で。〈鼠〉が鳴きましょう」

とめは黙って肯くと、真美を促して、宿の奥へと入って行った。

「お光って女と番頭は姿をくらましたようだ」

と、次郎吉は言った。「あの娘を殺させようたあ、ひどいことしやがる」

「彦右衛門さんも、ちっとは目が覚めたでしょう」

と、小袖は言った。

二人は、〈八代屋〉を出て、昼の往来を歩いていた。

「あの――」

と、声がして振り向くと、とめが追って来ていた。

「やあ。これからは、お内儀さんが目を光らせるこった」

「はい、主人にも厳しく言ってやります」

とめは別人のように活き活きとしていた。

「真美さんは大丈夫ですか」

と、小袖が訊く。

「はい。あのお侍はていねいに葬ってさし上げました。真美も、じき立ち直るでしょう」

とめは微笑んで、「お二人には何とお礼を申し上げれば……」

「なに、行きがかりで、ちょいと手助けしただけでさ。お達者で」

と、次郎吉は言った。「旦那からいただいた金子は、診療所のために使わせていただきます」

「はい。ありがとうございました」

――とめが戻って行く。

「うちへ入った空巣も、あの哲之助だったのね。〈八代屋〉の番頭に、金に困って泣きついたんでしょう」

「まあ、真美さんにとっちゃ、恋しい人のままだったな」

「正体を知った方が良かったかしら」

「どうかな……。色恋の話はさっぱり分らねえ」

そう言うと、次郎吉は北風に首をすぼめて、「おい、熱いうどんでも食って行こう！」

「いいわね！」

二人は、足どりを速めた。

鼠、十手を預かる

成り行き

　それは全くの出合い頭だった。

　次郎吉と小袖の兄妹は女医の仙田千草と一緒に、冷たい北風に追われるように急ぎ足で夜道を千草の父、仙田良安の診療所へ向っているところだった。

「ごめんなさいね、小袖さん」

　と、千草がもう何度めかの詫(わ)びごとを言った。「こんなに遅くなるなんて思わなかったから……」

「いいってことよ」

　と、次郎吉が懐手して、「千草さんにゃ、日ごろから厄介ばっかりかけてる。これしきのこと、構やしませんよ。なあ、小袖」

「本当に」

　と、小袖は冷たい風など一向にこたえていない様子。「兄さんのことなら、いくらでもこき使ってやって下さいな」

「おい、そういう言い方は……」

「ちゃんとお礼に何かおいしい鍋でもおごりますから」

と、千草が笑いながら言った。

――たまたま立ち寄った診療所で、脚を骨折した大工が、

「どうしても帰らなきゃならねえ」

と、お国を困らせていた。

聞けば、

「明日までに仕上げねえと、大店の娘が入り婿を迎えられねえんだ」

とのこと。

仕方なく、「駕籠も揺れて痛い」と言っているその大工を、次郎吉がおぶってソロソロと運んで行き、千草も大工が無茶をしないように、付いて行ったのである。

「でも、何とか間に合ったようで良かったわ」

と、小袖が言って、千草が、

「本当に次郎吉さんも小袖さんも、人の面倒をよくみる方で――」

と言いかけたとき、夜の静寂を縫って、高く鋭い笛の音が聞こえた。

「呼子だ」

次郎吉は言った。

一つではなかった。二つ、三つと重なって、呼子の音は呼び交わすように鳴り響い

た。

「捕物ですね」

と、千草が言った。「物騒なこと」

次郎吉としては、どうにも好きになれない音である。しかし、今はあくまで〈甘酒（あまざけ）屋〉と呼ばれる遊び人の次郎吉で、本業（?）の〈鼠〉ではない。

「下手に係（かかわ）り合うと大変だわ」

と、小袖は言った。「千草さんが一緒だから心配ないけど」

ごく自然に、三人の足取りは速くなって、宿屋の明りが照らしている角を曲ろうとしたときだった。

「兄さん」

小袖が緊張した声で言って、足を止めた。次郎吉も聞いていた。

駆けて来る足音。一人二人ではない。

そして、目の前の角から、黒い人影がいきなり現われた。次郎吉は素早く千草を後ろへ退（さ）がらせ、

「何だ、てめえら」

と言った。

びっくりしたのは相手の方だろう。こんな所でいきなり人と出くわすとは――。

手拭いで顔を隠した男たちは四人いた。

「とっとと行け」

と、次郎吉は言った。

千草がいる。ここで立ち回りは避けたかった。

しかし、間の悪いことに、駆けてきて、いきなり立ち止ったので、一人の顔を隠していた手拭いがハラリと落ちた。

薄明りだったが、千草が見分けて、

「まあ」

と言った。「〈千成屋〉の番頭さんね！」

「見やがったな！」

と、匕首を抜く。

「おい、よせ！」

と、他の男が止めたが、

「見られちゃ放っとけねえ！」

と、その男は匕首を振り上げた。

「馬鹿はよせ！」

と、次郎吉が千草をかばって、「行くなら早く行け」

「兄さん、後ろに」

と、小袖が前に出ると同時に小太刀を抜いた。

火花が飛んで、匕首が叩き落とされる。

同時に小太刀が相手の手首をかすめていた。

「畜生め！」

と、匕首を拾おうとする。

「やめるんだ！」

次郎吉がその男の匕首を蹴飛ばした。

「捕手だ！」

と、他の男が言った。「逃げるぞ！」

しかし、捕手がすぐに駆けつけて来た。

「逃がすな！」

と怒鳴って、「――何だ〈甘酒屋〉じゃねえか」

と、足を止めたのは、顔見知りの目明し、定吉だった。

「千草先生のお供で」

と、小袖が言った。「押し込みですか？」

「ああ。逃がすもんじゃねえ。――おい！　囲め！」

前方からも捕手がやって来て、挟まれた男たちは、

「捕まってたまるか！」

と、匕首を振り回して、女なら人質にでも取れると思ったのか、小袖たちの方へ戻って来た。

馬鹿な奴らだ。――次郎吉は向って来た一人の足を払って転ばせた。捕手がワッと飛びかかる。

そして、もちろん小袖の方へ突っかかって行ったのは、もっと痛い思いをすることになったのである……。

「――やったぞ！」

と、得意げに十手を振りかざした定吉が、「おい、おかげで逃さねえですんだ。助かったぜ」

と、次郎吉へ声をかける。

「いや、たまたま出くわしてね……」

次郎吉は苦笑した。――素直に言われた通り逃げて行きゃいいものを。

仕方がねえ。こっちへかかって来たのが不運ってものだ。

「おい！　引っ立てろ！」

定吉が得意げに言って、「ちゃんと歩け！」

と叱りつけると、

「何だ、この下っ引きが！」

と、一人が言い返した。

「何だと！」

むきになった定吉が、その男を殴りつけようとしたが、拳は空を切り、定吉はその場で転んでしまった。そして起き上ろうとしたが、

「いてえ！」

と、声を上げて、また倒れてしまった。

「どうしました？」

と、千草が歩み寄って、「――足首を捻ったんですね。妙な恰好で転んだから」

「畜生！　これじゃ……立てねえ。おい！　誰か手を貸せ！」

この夜中の捕物は、色々とにぎやかなことになったのである。


「――で、何だって？」

と、次郎吉が訊くと、お国が、

「定吉さんの足首、骨にひびが入ってたんですって。よっぽど変な転び方したんですね」

「そうか。やれやれ」

と、次郎吉は笑って、「じゃ、当分は十手を振り回すわけにいかないんだ」

「千草先生から、『おとなしくしてないと、いつまでも治りませんよ！』って、おどされてます」

お国は、次郎吉との縁があって、千草の下で働いている、元気の塊のような少女である。

「それで、何か俺に用なんだろ？」

と、次郎吉は訊いた。

「あ、肝心の用、忘れるところだった！」

と、お国はちょっと舌を出して、「定吉さんに頼まれたんです。次郎吉兄さんを呼んでくれって」

「俺を？　何だ、一体？」

「知りませんけど、ともかく一緒に来て下さい。どうせ昼寝してたんでしょ」

お国の言い方は遠慮がない。

「分ったよ。ちょっと待て」

お国に言われた通り、昼寝していた次郎吉は仕度をして、お国と一緒に診療所へ向った。

「――おお、〈甘酒屋〉、すまねえな」

右の足首をグルグル巻きにされた定吉が、布団に起き上って言った。

「定吉さん、災難でしたね」

と、次郎吉は言った。「俺に何かご用で？」

「うん。実は……。ああ、旦那、こっちです」

と、定吉が声をかけたのは、奉行所同心の大谷左門。

まだ同心になって間がない若輩である。次郎吉も顔見知りだった。

もちろん、次郎吉としては、あまり親しくお付合はしたくないが。

「あ、大谷様」

千草がちょうどやって来た。

「これはどうも」

「いかがですか、火傷の方は？」

と訊かれて、大谷はちょっと焦った様子。

「は、おかげさまで……」

と、咳払いして、「定吉がお世話になって……」

「もう少し動かない方が。二、三日すれば帰れると思います」

「さようですか。しかし、まあ当分お役目は――」

「捕物は無理ですわ。しばらくは出歩くことも避けないと」

「それなのです」

と、大谷は言った。

「は？」

「定吉がいないとなると、どうしても見回りなどが手薄になります。それで、定吉とも話して、差し当り、定吉の代りを、それそこの〈甘酒屋〉の次郎吉さんに頼みたいということに……」

次郎吉が目を丸くした。

「旦那、そいつは……」

「しばらくの間でいい。十手を預かってもらえまいか」

次郎吉はさすがに言葉がなかった。

廓通い

「ほう。次郎吉さんが目明しですか」

と言ったのは、小袖が師範代をつとめる道場に通ってくる米原広之進。

剣の腕はなかなか上達しないが、気のいい旗本の坊っちゃんで、次郎吉や小袖とも親しい。

「呆れるわね」

と、小袖は道場を出ながら、「あれで気が弱いんです。断りきれないの」

「ですが、次郎吉さんは腕も立つし、目明しにぴったりじゃないですか」

「そうですか？」

――もちろん、十手を持たされて困る本当のわけを、広之進が知るはずもない。

「同心の大谷って人ですが……」

と、広之進が言った。「もしかして、大谷左門という人ですか？」

「ええ、確かそうです」

と、小袖は肯いて、「二十七、八かしら。広之進様、ご存じ？」

「あ……ちょっと小耳に」

と、広之進が口ごもる。

「何ですの？　言って下さいな」

「これはまあ……噂というやつですが。いや、そうとも言えないかな」

「そんな風に気をもたせて……。意地悪ですね！」

と、口を尖らす。

広之進はあわてて、

「いや、そんなつもりでは……」

と、小袖の前に回って、「実は――同じ旗本の三男坊で、廓通いにはまってるのがいましてね」

「まあ。広之進様もお付合なさるんですか？」

「いや、私は行きません！　誘われはしますが、決してそんな所へは……」

「分っています。からかったんですよ」

と、小袖が笑って、「で、そのお友達がどうか？」

「今、ちょっと評判になっているそうなのですよ。遊女の一人にご執心の者がいるとかで。毎夜のように通って来ているらしいのですが、それが同心になったばかりで、確か大谷左門という名の……」

「そんな……。同心の身で、毎夜廓通いなんて」

「そうでしょう？　きっと何か裏でやっているに違いないと、その友人が言っていました」

「それは気になりますね」

「まあ、私自身がこの目で見たわけではないので」

と、広之進は軽い口調で言ったが……。

小袖は少し考えていた。兄に十手を持たせておいて、自分は遊女に夢中？

「広之進様」

と、小袖は言った。「その遊女の名は？」

その遊女は、名を〈紅(くれない)〉といった。

「紅さん」

と、まだ若い女中のお種(たね)が階段をトントンと上って来ると、「紅さん、起きてますか？」

障子越しに、唸(うな)り声が聞こえた。

今、やっと目が覚めた、というところだろう。

「――お種ちゃん？　何なの？」

と、寝ぼけた声で訊く。

「紅さんに、どうしても会いたい、って人が……」

「お客かい？　夜になってから出直してもらっとくれ」

「そうじゃないんです」

紅は仕方なく起き出すと、布団を出て、大欠伸(おおあくび)しながら障子を開ける。

「誰だっていうの、昼間から」

「あの……十手をお持ちの……」

と言われて、紅がハッとする。

「同心の旦那かい?」

「あの、いつもの大谷様じゃありません」

と、お種が急いで言った。

「じゃ、誰なの?」

ともかく急いで身仕度をして店の裏手に出た紅は、左右を見回して、

「——何だい、誰もいやしない」

「そうでもねえぞ」

フラッとものかげから現われたのは、同心でも大分年齢(とし)の行った男で、

「旦那ですか、私にご用って」

と、紅が言うと、

「ああ。大した用じゃねえんだ。お園」

「あんたは……」

紅の顔から一気に血の気が引いた。

「紅たあ洒落(しゃれ)た名をつけたもんだ」

と、男はニヤリと笑って、「まさかお前のことだとはな」

紅は、悪い夢でも見ているかのようだったが、

「あんたが……生きてたの」

と、呟くように言った。

「ああ。今じゃ十手を預かる同心だ。どうだ？　皮肉なもんじゃねえか」

紅はちょっと背筋を伸して、

「私をゆすろうっていうのかい？　あいにくだね。それほどの稼ぎはないんだ。それに、そっちがお園のことを暴きゃ、私だってあんたのことをしゃべってやる。同心におさまっちゃいられないよ」

「おいおい、勘違いするな」

と、男は馴れ馴れしく、「つい懐かしくなって来てみただけだ。俺も今じゃ川合大介って名がある」

「それじゃ、何の用なの」

と、紅は川合という同心をにらんで、「私は、ちゃんとしたこの店のお抱えだ。後ろ指さされる覚えはないね」

「しかし、毎夜通いつめてるのが、同じ同心の大谷だっていうじゃねえか」

「それが何だい」

「同心の給金で、廓通いができるもんかどうか、お前だって分っていよう。大谷は何をやらかしてるんだ？」

「客がどうやって稼いでようが、そんなことは私に係りないさ。ちゃんと払ってくれさえすりゃ、その金の出所なんぞ、穿鑿しないよ」

「だが、寝言代りに訊き出すことはできようぜ」

「聞いてどうするんだい」

「そいつはお前の知ったこっちゃねえ」

「そうはいかない。何がどうでも、大谷さんは私の大事なお客様。わざわざお客を失くすようなまねを――」

「奉行所が違うから、大谷って奴のこたあよく知らねえ。だが、お前にご執心のあまり、何をやらかしているのか、知りたいのさ」

紅は、一向にその話を信じない様子だったが、

「戻らないと、ここの女将さんはやかましいんだよ。会いたきゃ、客で来ておくれ」

言い捨てて、紅は店へと駆け込むように戻って行った。

消えた同心

「ただいま。――あら」

小袖は戸をガラッと開けて入ると、次郎吉が畳の上に大の字になって寝転っている

のを見て、「何してるの？」

「参ったぜ」

と、次郎吉は十手を手にして見せて、「忙しいもんだ。今日のお役目は、迷子を捜して、見付けてみりゃ黒猫一匹だ。我が子より、その猫の方がよっぽど可愛いってさ。それに夫婦喧嘩(げんか)の仲裁だ。犬も食わねえってのに、下手すりゃ飛んできた皿がこっちに当るところだった」

「ご苦労さま」

と、小袖は笑って、「引き受けちゃったんだから仕方ないわね」

「やれやれ、だ」

次郎吉は起き上ると、「おい、何か食いに出ようぜ。酒でも飲まなきゃ、やってられねえ」

「いいけど……。　私も兄さんに話しときたいことがあるの」

「何だ？」

「一杯やりながらでいいわよ」

「お前も、段々酒が強くなって来たな。用心しろ」

「私は飲んでも呑(の)まれない」

と、小袖は言い切った。

するとそこへ、

「次郎吉兄さん！」

と、いつもながら元気よくやって来たのはお国で、

「どうしたの、お国ちゃん？　また何か手伝えって？」

「違いますよ！　千草先生が、この間のお礼をしてなかったんで、お二人にごちそうしたいっていうんで、呼びに来たんです」

「まあ、悪いわね」

「ありがてえじゃねえか。遠慮しちゃ、却って失礼だぜ」

次郎吉はさっさと立ち上っていた。


「まあ、その遊女って、紅さん？」

鍋をつつきながら、小袖の話を聞いた千草が訊き返した。

「千草さん、知ってるんですか？」

と、小袖が言った。

「診察に行ったことがあります」

と、千草は肯いて、「確かに、目をひくと思いますね。でも、同心の大谷さんが？」

「本当のことなら、放っちゃおけねえだろうな」

と、次郎吉は言って、「さ、千草さんも飲みなせえよ」

「どうも。――お国ちゃんはまだだめよ」

「私は食べるだけでいいです」

お国は勢いよく食べながら、「廓通いのお金をどうやってこしらえてるか、ってことですね」

「うん。しかし……」

次郎吉はちょっと首をかしげて、「もし大谷さんが、その紅って女に惚れたとしても、噂になるような、派手な遊び方をするかね」

「分ります」

と、千草は言った。「誰だっておかしいと思いますよね」

「じゃ、何か違う理由が?」

と、小袖が言った。

「同じ奉行所の同心の間で、どんな噂になってるのか、聞いてみたいもんだ」

次郎吉はそう言って、「千草さん、その紅って遊女のことが気になってるようですね」

「ええ……」

千草は首をかしげて、「とても苦労してる人のようでした。若くてきれいだけど、私の診る限りでも、あちこち悪い所があります」

「じゃ、診療所に？」

「いいえ、言っても来ようとしません。『私は早死にするように生まれついてんです』って言ってね」

「まだ若いって……」

「たぶん二十一、二でしょ。ああいうところは本当の年齢を隠すものですけど」

「どこか、遠い故郷から出て来てるんですか」

「そうだと思いますけど。訊いても、はっきり言わないんです」

次郎吉は肯いて、

「言わないのか、言えないのか……」

と、呟くように言った。「──江戸へ流れて来るのには、何かわけがあったのかもしれねえな」

「じゃ、大谷さんは紅って人のことを調べたくて通いつめてるってこと？」

「だが、そこまでやるか……。何か隠れたわけがあるんじゃねえかな」

「次郎吉兄さんが調べりゃいいじゃないですか。十手持ちだし」

「こら、からかうな」

と、次郎吉は苦笑した。

だが、この日、鍋は空にならなかった。

次郎吉を捜して、定吉の手下がこの店へ駆けつけて来たのである。

「何とも困ったもんだ……」

と、廓を束ねる政右衛門が苦り切った顔をしている。

「仕方あるまい」

と言ったのは、同心の早見徳兵衛。「人が殺されたのだ。しかも……」

「ですが、旦那」

と、政右衛門は文字通りもみ手しながら、「一晩、店が開けねえんじゃ、こっちは大損なんで。それに今夜のお客には帰っていただくしかありません。一文だっていただくわけにゃいきませんから……」

「それはそうだろう。同情はするが、俺もお役目があるからな。――おお、〈甘酒屋〉か。よく来てくれた」

「どうなすったんで？」

と、次郎吉は訊いた。「大谷の旦那に何か……」

「まあ、来てみろ」

次郎吉だけでなく、千草と小袖も付いて来てしまっている。政右衛門は、けげんな様子で、その一行を眺めていたが、堂々と並んで入って来られると、何とも言えないのである。

「――大谷が、ここの女のもとへ通っていたことは……」

「耳には入っておりましたが」

「紅という、この店の人気の女だそうだ。俺にはよく分らんが」

と言っている早見という同心、十手を持った次郎吉の耳には、「女に手が早い」という評判が聞こえている。

二階へ上り、下っ引きが廊下で見張っているのを、

「おい、お前たちはこの辺りを捜して来い」

と、早見が追いやると、「〈甘酒屋〉、この件はあまり評判になっては困る……」

ジロリと千草たちを見る。

「ご心配いりません。小袖も千草先生もご存じでいらっしゃいましょう。口は堅いこと、間違いありません」

「そうだ。女医者だったな」

「大谷の旦那が……」

「それが何ともふしぎでな」

ガラッと障子を開ける。

「こいつは……」

次郎吉が部屋の中を見回した。——血が方々に飛んでいる。

「ひと太刀斬っただけでは、こんな風に血が飛びませんね」

と、小袖が言った。

「これは大谷さんの？」

と、次郎吉が十手の先で引っかけて取り上げたのは、べったりと血に染った羽織だった。

「おそらくな」

と、早見が言った。

「しかし——大谷さんはどこに？」

「それがふしぎだ。これほどの血を流して、死体がない」

「何ですって？」

見付けたのは女中のお種。悲鳴のようなものが聞こえて、ドタン、バタンと大きな音がしたので、びっくりして駆けつけると、部屋が血に染っていた……。

「じゃ、大谷さんの相手は？」

「もちろん、今夜も紅だった」

と、早見が言った。

「紅はどこに?」

「それも分らん」

お種をもう一度呼んで話を聞いたが、

「へえ。私がここへ駆けつけたときは、二人とも姿がなくて」

「そいつあ妙だな」

次郎吉が首をかしげる。「どっちが死んだにせよ、そんなにすぐ死体を隠せやしないだろう」

「下の庭のくぐり戸が開いていた」

と、早見は言った。「紅はそこから出て行ったのだろう。今、この付近を捜させている」

「ですが、ここは二階ですぜ。紅が下へ下りて行けば、お種と出くわしているはずです」

「そうなんです」

と、お種は興奮のせいか、上ずった声で、「本当に私、すぐ駆けつけたんですよ!」

「分ってる」

と、次郎吉はなだめるように言った。「なあ、大谷さんって同心が、毎晩のように紅の所へ通ってたのは承知だな」

「そりゃもう……」

「お前から見て、どうだった？　大谷さんが心底紅に惚れてるように見えたかい？」

「私にゃよく……分りません」

と、お種が口ごもる。

「――次郎吉さん」

と、千草が言った。「凄い血に見えますけど、そう深くない傷でも、これくらい出血することはあります」

「どうも」

次郎吉は肯いて、「早見の旦那、まず紅か大谷の旦那のどっちかは死んでいるか、けがをしているでしょう」

「この辺を捜す。おい亭主」

早見が政右衛門を呼んで、「紅を逃がしたりすまいな」

「もちろんで！　見付けてりゃ、すぐに旦那にお渡ししておりますよ」

「それで、店のことだが……」

「旦那、ちょっとこちらへ」

政右衛門が早見の腕を取って、廊下の奥へ引張って行く。

「――大方、早見の旦那に袖の下を……」

と次郎吉が肩をすくめた。

少しして戻ってくると、早見は、

「係りのないこの店の亭主も気の毒。この部屋に手をつけずにいれば、店を開いてもよかろうと……」

「さようですね。――旦那、もうお戻りに？」

「〈甘酒屋〉はどうする？」

「もう少しここで」

「そうか。では、この辺りを捜すのに、人手を出そう」

いくらもらったのか、早見はさっさと引き上げて行ってしまう。

「兄さん――」

「どうしたもんかな」

次郎吉はそう呟くように言って、「紅の話を聞くとするか」

「え？」

小袖がキョトンとして、次郎吉を見た。

「次郎吉さん」

と、千草が言った。「紅さんがどこにいるか……」

「さっき、窓の外の瓦(かわら)がちょっと鳴ったんですよ」

「ああ……」

小袖が肯いて、「私も聞いたけど、猫だろう、って思ってた」

張り出しのある窓から下を見下ろすと、庭のくぐり戸の辺りをうろついている捕手がうっすらと見えている。

次郎吉は、張り出しに腰をかけると、

「おい。何もしねえから出て来な」

と、小声で言った。「じっとそうしてるのは辛いだろう。下へ落ちりゃ、間違いなくご用だぜ」

張り出しの下は瓦のひさしが出ている。

少しして、瓦がギシギシときしんで、張り出しへ白い手がかかった。

「見破られちゃね……」

と呟くように言って、襦袢姿の女が這い上って来た。

「冷えただろう。何か着な」

と、次郎吉は言った。

「傷はある？」

と、千草は言った。「あれば手当しますよ」

「変な人たちだね」

　と、紅は畳にペタッと座り込んで、「私をお縄にしないのかい？」

「お前が大谷さんを殺したのなら縄をかけるがな」

　と、次郎吉は言った。「どうもそうじゃねえようだ。返り血を浴びてない」

「私じゃないよ」

　と、紅はちょっと怯えたような声を出した。

「でも、どうするの、兄さん？」

　と、小袖が言った。

「あの同心に引き渡したら、何しろ同心仲間が殺されてるかもしれないんだ。さぞいためつけられるだろう」

　と、次郎吉は言った。「鞭で打たれ、石を抱かされりゃ、やってないことでも白状する。そんなことはさせたくねえ」

「旦那……」

　紅は少し潤んだ目を次郎吉に向けて、「そんなことを言ってくれるなんて……」

「十手は預かってるだけだ。別に手柄を立てなくたって、一向に困らねえ」

　と、次郎吉は言った。「ともかく、何があったか聞かせてほしいが、ここじゃ、いつ誰がやって来るか分らねえ。人目につかずに外へ出る手はあるか」

「そうですね……。やっぱり窓から庭へ下りるしか……」

「でも、庭には捕手が……」

と、小袖が言った。

「それでは」

と、千草が言った。「急病人を運び出しましょう」


大八車を引いていた次郎吉が足を止める。

「――この辺でいいだろう」

「はい」

お国が大八車に載せた布団を叩いて、「開きますよ」

と言った。

くるんでいた布団をはがすと、紅が真っ赤な顔で出て来て、

「息が……苦しい！」

「まあ我慢しな」

と、次郎吉は笑って、「この辺は、大雨のときに水が出て、空家になってるのがいくらもある。そこに身を隠せ」

「すみません……」

と、紅は言った。

「ともかく話を聞かせてもらわねえとな」

「はい」

提灯の明りが見えた。

「あそこだ」

その空家に入ると、小袖が待っていて、

「ここがずいぶん乾いてて、住めそうよ」

「そうだな。——紅さんよ、夜は明りをつけねえようにしな。人目につくと厄介だ」

「そうします」

「今はとりあえず、積んで来た布団で休むこった。お国、何か食うものを——」

「千草先生に言われて、握り飯を持って来てます」

「気がきくな」

「じゃ、ここに。——私、大八車を返しときます」

「お前に引いて行けるのか？」

「こう見えても百姓の娘ですよ」

と、お国は自慢げに、「腰や足は丈夫なんです」

——畳に布団を敷いて、紅は握り飯を頰ばった。

「本当に……。どうしてこんな私に……」

「まあ、それはいい。あの大谷の旦那はどうなったんだ？」

「それが私にもよく分らないんです」

と、紅は言った。「いつものように大谷さんがみえて、二人になりました」

「それで？」

「私がお酒を注いで、大谷さんが何か言いかけたとき、急に行灯の火が消えたんです。誰かが押入れに隠れていて、出て来ると同時に吹き消したようでした。で、真っ暗になり……」


「誰だ！」

と、大谷が叫ぶのが聞こえた。

暗い中、刀が当って火花が飛んだ。

「キャッ！」

と、悲鳴を上げて、紅は頭を抱えてうずくまった。

「何をする！」

と、大谷が怒鳴るのが聞こえて、続いて「ウッ」と低く呻く声。

窓がガラッと開いて、誰かが外へ転るように出て行くのが分った。もう一人は廊下へ駆け出して行った。

——紅はどうしようかと思った。

斬り合いがあったのは確かだ。廊下に女中のお種の声が、

「どうしました？」

と近付いて来る。

とっさのことで、紅は窓から出ると、張り出しの下へ身を押し込むようにして隠れた。

部屋の中が明るくなり、

「大変！　誰か！　——誰か来て！」

と、お種が飛び出して行く。

紅は、ともかく何があっても係り合いになるのが怖くて、動かずにいた。すぐに駆けつけて来る足音がして、

「こりゃひでえ！　血だらけじゃねえか！」

という声。

「でも——誰もいませんよ」

「妙な話だ。おい、ともかく自身番へ人をやれ！」

「紅さんがここに……」

「いなくなってるってことは、やったかやられたかだ。ともかく、誰かに見張らせろ」

——血だらけ？

では、斬られたのは大谷だろうか？

一人は窓から抜け出て、おそらく下の庭へ下りたのだろう。しかし、どっちが？

紅は、庭へ下りようと思った。しかし、すぐに騒ぎになって、下から、

「くぐり戸を見張れ！」

という声がしたので、下りられなくなってしまったのだ。


「——その内、人声があちこちから聞こえて、動くに動けなくなっちまって……」

と、紅は言った。

「じゃ、誰が大谷さんへ斬りかかったか、見てねえんだな？」

と、次郎吉は言った。

「ええ。ともかく怖くて……」

「いいかい」

次郎吉はあぐらをかいて、「俺はお前に、やってもいねえ罪を着せたかあない。しかし、お前が正直に話してくれねえと、手の打ちようがないぜ」

「旦那——」

「誰がとっさにあんな所へ隠れるかい？　ただ者じゃあるまい。話してみな」

「はい……」

紅は竹筒の水を一口飲んで、「次郎吉さんも、ただ者じゃありませんね」

「俺のことはどうでもいい」

「そうですね……」

と、紅は片膝を立てて座ると、「旦那に隠しごとをしてもしようがない。お話ししますよ。——もちろん、〈紅〉なんて、今の店に出るときに付けられた名で、私の名は〈お園〉っていうんです……」

酔っ払い

「何だというんだ、畜生め！」

その浪人は大して酒に強くはなかったようだ。ついさっき入って来たばかりで、徳利一本空にしたぐらいなのに、

「侍を馬鹿にしおって！　許さん！」

と、手を振り回し、「おい、もう一本持って来い！」

「旦那、おやめになった方が……。それに大声を出されますと、他のお客様が……」

と、居酒屋の主人がなだめるように言ったが、浪人は、

「何だと？　貧乏浪人だから金がないと思っているな？　心配するな、金ならたんまり……ってほどじゃないが、酒代の少々ぐらいは払えるぞ！」

「そりゃ分ってますがね……」

「何？　それでも何か文句があるのか？」

——飲んでいた次郎吉が腰を上げると、

「旦那、帰り道が一緒でしょ。送って行きますよ」

と、その浪人に声をかけた。

「うむ？　誰だったかな、お前は？」

と、浪人はトロンとした目で次郎吉を見上げると、「同じ長屋の者か？」

「いやですぜ、旦那。いつも顔を合わせてるじゃありませんか」

「そうか……。そう言われてみると、そんな気もするが……」

「ここは俺が払っときますよ。さ、行きましょう」

「何？　いや、それでは申し訳ない」

と言いながら、払うそぶりも見せずに立ち上っている。

表に出ると、冷たい雨が降っている。

「何だ……。これでは酔いがさめてしまうな……」

と、浪人は首をすぼめた。

「さ、どうぞ」

次郎吉は傘をさしかけた。

「おお、気がきくな」

浪人は少しふらつきながら、「いや……もともと酒は大して好きではないのだ……。ただ、色々忘れたいことがあるとな……」

「さようで」

「お前などには分るまい。長く浪々の身でいると、食うためにはどんなことでもするようになる……。情ない、と自分で思っても、空腹には勝てぬ」

苦々しい口調だった。

「さようで」

と、次郎吉はくり返して、「たとえば人を斬ったり、ってことですか」

「何だと？」

浪人はハッとして、「何者だ？」

「誰でもようござんすよ」

と、次郎吉は言った。「腰のものは竹光ですね。刀は刃こぼれがして研ぎ直しに出してらっしゃる」

「おのれ……」

と、刀の柄に手をかけるが、真剣でないことを思い出すと、「貴様の言ってること
はさっぱり分らん」
「そうですかね。金をもらって頼まれた殺しは、同心を斬るってことだった。しかし、
押入れに隠れていて、いきなり斬りかかったんで、ひと太刀で済むと思っていたら、
相手が意外な使い手で、刀がぶつかり合う。――斬ったはいいが、刃こぼれした刀を
持っていては見咎められる……」
「知らん！」
浪人は目をそらしていた。
「気が咎めてるんですね。それくらいなら、初めっから引き受けなきゃいい」
「お前に分るか！」
浪人は夜道を駆け出した。
次郎吉は後を追わずに見送っていた。いつの間にか小袖が傘に入って来て、
「当りだったわね」
と言った。
刀を研ぐといっても、人を斬って刃こぼれがし、血の脂が残っていては、どこへ持
ち込んでも大丈夫とは言えない。
次郎吉が、その類の「わけあり」の刃物も黙って扱う職人の所を訪ねて回った。果

してその内の一軒で、ぴったりの刀を見付けた。

やって来た浪人に、職人から、

「あと一日お待ち下さい」

と言わせ、後を尾けた。

「何て奴か分ったか？」

と、次郎吉が小袖に訊いた。

「あの浪人？　加藤正照とかいったわ」

「金に困ってるのは、見りゃ分るが」

「長屋の人に訊いたら、ご新造が病で寝込んでいるそうで、薬屋で代金が払えなくなったんですって。それで薬屋が自身番へ突き出したそうよ」

「そこで会ったのが、紅――いやお園が言ってた川合って同心だな」

と、次郎吉は肯いて、「払ってやる代りに、と言われて大谷さんを斬っても、大した金にゃならなかったわけだ」

「どうするの？」

「お園の話だけじゃな。それに川合って奴のことを、もっとつかんでおきたい」

と、次郎吉は言った。「十手を預かる身としちゃな」

「この長屋か」

と、次郎吉はぬかるんだ足下に気を付けながら、「千草さん、すみませんね、朝っぱらから」

「いいえ。病人を診るのは医者のつとめです」

千草はいつもながら冷静である。「次郎吉さんも用心なさらないと」

「なあに、人間、避けようのねえ災難ってもんがありますからね」

井戸端にいたおかみさんに訊いて、加藤正照の住居の戸口で、

「ごめんなさいよ」

と、声をかけたとたん、中からガラッと戸が開いて、ゆうべの浪人が立っていた。

遅かったか！　――次郎吉は、加藤が放心したような表情で、しかも胸の辺りを血に染めて立っているのを見て、

「どうしなすった！」

と言った。

すると――ポカンとしていた加藤が、ぼんやりと次郎吉を見て、

「妻が……」

と言った。

「どうしたって？」

「血を……吐いた。どうしよう……」

と、今にも泣き出しそうだ。

斬られたわけじゃなかったのか。それを聞いて、千草が、

「医者です。診せて下さい」

と言うと、加藤を押しのけて中へ入る。

布団から半身はみ出して、畳に血を吐いた女が、苦しげに喘いでいた。

ついて来ていたお国の方へ、千草は、

「お国ちゃん！　駕籠を呼んで！」

と言った。

「はい！」

お国は泥をはね上げるのも構わず駆け出して行った。

「妻は……もう死ぬので……」

と、加藤はオロオロするばかり。

「しっかりなさい！」

千草が怒鳴りつけた。「人間、これぐらいのことでは死にません！」

「しかし、血を吐いて……」

加藤はそう言うと、気絶してしまった。

「二人揃って、情ないこと」

と、お国に言われて、

「面目ない」

と、加藤は青い顔で、出されたかゆを食べている。

「ご新造は大丈夫です」

と、千草がやって来て、「胃の腑がただれて出血したのです。ちゃんと食事をとり、休めば良くなります」

「かたじけない」

「しばらくこの診療所でお預かりします」

「だが……拙者は金が……」

「いつでもよろしいのですよ。払えるようになったら、ご自分の分も含めて払って下さい」

ガラッと襖が開いて、

「やあ、気が付きましたね」

と、次郎吉が入って来る。

千草がお国を促して出て行くと、次郎吉は、

「加藤さん、あんた、本当に大谷さんを斬ったんですかい?」

「いや、真っ暗だったし、それに今まで人を斬ったことなどない。傷は負わせたと思うが、どの程度だったか……」

「なるほど」

「大谷殿は、窓から逃れたのではないかと思うが……」

「じゃ、斬ったと言って……」

「金をもらわねば、と思ってな」

「しかし――あんたはあのとき、どこに行ったんです?」

と、次郎吉は訊いた。


店の裏手に出て、お種は左右をキョロキョロと見回した。

「おかしいわね……」

と呟く。

砂利を踏む音に振り向くと、

「旦那、びっくりさせないで下さいよ」

と、お種は言った。

「用心してるだけだ」

と、同心、川合大介が言った。「誰かに見られなかったか？」

「大丈夫です。この時間はまだたいてい寝てますよ。私みたいな下働きの者以外は」

と、お種は言って、「ねえ、約束のお金、ちゃんと払って下さいよ」

「分ってる」

「言われた通り、あの浪人さんを、すぐ二階の布団部屋へ隠したんですからね。怖かったわ」

「紅はどこへ行った？」

「私は知りません。あの部屋から消えちゃったってだけで」

「おかしいじゃないか。どこへも行くはずがない」

「そこまでは私……」

「そりゃそうだな。しかし――斬られたはずの大谷もどこへ行ったか分らん。初めの予定がすっかり狂って来た」

「そいつは旦那の都合でしょ？　私は、言われたことはちゃんとしたんですから……」

「分った分った」

川合は懐から紙包みを取り出すと、「約束の金だ。受け取れ」

「まあ！　持って来たんなら、早くそう言って下さいよ」

お種はパッと顔を輝かせて、「小判で十両。本当ですね！　――わ、重いんだ！」

と、しっかり持って重さを味わった。

「だけど、川合の旦那。疑うわけじゃありませんが、中をあらためますよ。小判の代りに石でも入ってちゃいやですからね」

お種が紙の包みを破いている間に、川合は静かにお種の背後へ回っていた。

「旦那、これって――」

お種が顔を上げたとき、川合の刀がお種の背へ振り下ろされた。

仮の顔

「むごいことしやがる」

と、次郎吉は呟いた。

「後ろからひと太刀」

と、小袖が、地面にうつ伏せに倒れたお種を見下ろして、「人殺しには慣れてるけど、剣の心得のある人間じゃないわね」

お種が固く握りしめていたのは、破ってある紙包みで、中には瓦の破片が入っていた。

「金を受け取ったつもりで喜んでたんだろう」

次郎吉は首を振って、「お種の身内は？」

と、政右衛門に訊いた。

「はあ……。確かどこぞに病気の父親が。妹や弟を養わなきゃいけない、とか言ってましたが」

「そうか。ともかく知らせてやらねえとな」

「はあ。――面倒なことばっかりだ」

と、政右衛門が愚痴ると、次郎吉はキッとにらんで、

「おい。人を使う者の言い分がそれか」

と、十手を手に言った。

「いえ、まあ――もちろん、すぐに」

政右衛門はあわてて店の中へ入って行った。

「あれじゃ、残された者のことなんか、気にもすめえ。おい、小袖」

「分ったわ。住いを訊いて、行ってくる」

「待て」

と、次郎吉は考えて、「お種を殺った奴が、家族にも手を出してるといけねえ。俺も行く」

――その貧しい長屋へ入って行くと、お種の一家の住いはすぐに分った。

気は重かったが、仕方ない。

「ごめんよ」

と、破れ放題の障子の戸を開けると、

「どなたで？」

と、力のない声がしたが、代って、

「その声は……」

と、這うように出て来たのを見て、次郎吉はびっくりした。

「大谷さん――」

同心の大谷が、体の傷にさらしを巻いて、体を引きずっていたのだ。

「じゃ、お種は、自分があの浪人の手引きをしたので、大谷さんを見付けて気が咎め
……」

「窓から飛び下り、くぐり戸から外へ出たが、足の傷で動けなくなり、隠れていた。

そこへお種が……」

と、大谷は言って、「ここへ私を支えながら連れて来てくれたのだ」

「さようですか」

話を聞く内に、小袖が呼んだ千草とお国がやって来た。

「後は任せて下さい」

と、千草は言った。「傷を消毒しなくては。ともかく、診療所へ運びましょう」

「だが、ここの父親や他の子供たちも、ことによったら命が危ねえ。お国、すまねえが役人を呼んで来てくれ」

「はい！」

「大谷さん」

と、次郎吉が言った。「紅さんは無事ですぜ」

「そうか！　それは良かった」

と、大谷はホッと息をついて、「私のせいで、あの女まで狙われては……」

「大谷さんを殺したことにしたかったんでしょう。ですが、大谷さんが姿を消したんで……」

「紅は詳しい話は知らないのだ」

「というと？」

大谷は息をついて、

「私は奉行所内の不正を調べていた。紅にはむろん惚れていたが、あの辺りで遊んでいる奉行所のお偉方のことを聞き出していたのだ」

「それで殺されることになったんですね。怪しい奴の見当は……」

「お奉行も潔白とはいかぬ。その下でおこぼれにあずかっていた同心が……」

「川合大介のような、ですね」

「奴について、証拠を固めていた。川合から上へとたぐって行けると見込みが立ったところでな」

「しっかり、調べ尽くしておくんなさい。お種のためにもね」

「可哀そうなことをした……」

と、大谷は目を伏せて、「ここの一家のことは奉行所で必ず世話をしよう」

「へえ、よろしく」

次郎吉は、お国が他の同心を連れて来ると、素早く姿を消した。

深く笠をかぶった旅仕度の男が、朝もやの冷たい中、道を急いでいた。

その行手に人影が浮んで、足を止めると、

「誰だ！」

と、声をかけた。

「川合大介たあ笑わせる」

と、その人影は朝もやの中を近付いて、「上方で悪名高い〈土蔵の辰〉じゃねえか」

「お前……。そうか〈甘酒屋〉と名のってたが」

「見忘れたろうが、昔、会ったことがある。次郎吉〈鼠〉だ」

「――そうか。お前が〈鼠〉か」

と、川合は笠を取って、「そうと分りゃ、俺が逃げるのを手伝ってくれ」

「そうはいかねえ」

次郎吉は十手を出して、「今はこれを預かってる。それに、今の俺はお前を許しちゃおけねえのさ」

十手を放り投げると、次郎吉は懐に手を入れた。

「そうか。――じゃ、どっちかが死ぬことになるな」

川合が脇差を抜いた。

次郎吉の手にした匕首が朝の冷気を切り裂く。

無言の争いは長くかからなかった。

匕首が川合の胸を深々と抉(えぐ)って、息の根を止めた。

次郎吉は白い息を吐いて、

「上方で、殺しも平気でやっていた〈辰〉って奴だ」

と言った。

「本当なら、奉行所の不正の証人になったかもしれないわね」

と、小袖がやって来て、「でも、殺して良かったと思うわ。紅さんのことがあるものね」

「ああ……。この先は大谷の旦那がやってくれるだろう」

次郎吉は十手を拾ってくると言った。

紅――ことお園は、かつて〈土蔵の辰〉の仲間の女だった。しかし、仲間割れで恋人を殺され、江戸へ逃れて来たのだ。

川合を生かしておいては、お園も無事ではいられなかった。

「さて、こいつの持物を調べてみよう」

と、次郎吉は言った。「奉行所の誰とどうつながっていたか、手掛りがあるかもしれねえ」

「十手のために働くのも悪くない?」

と、小袖が冷やかすように言うと、

「とんでもねえ」

と、次郎吉は言い返した。「こんな物、重たくってしょうがねえ。千両箱の方がよほど軽いぜ!」

鼠、女にかげを見る

白刃と女

「何だ、何だ！」

と、駆けて行く男を見て、

「何があるのか、分りもしないで駆けつけるなんて」

と、小袖が苦笑して、「あれが江戸っ子というのでしょうね」

「そうですね」

小袖と並んで歩いていたのは、同じ道場で剣を学んでいる米原広之進。「でも、小袖さんはいつも沈着冷静。落ちついてますね」

言われて小袖は、ちょっと複雑な気持になったが、

「そうですね。少々のことじゃ驚かないように育ったので」

「やあ、あれですかね」

と、広之進が少し先の人だかりを見て、「あんなに人が……」

「ええ。何でしょうね」

急ぐでもなく、通り道なので、その茶店の方へと足を進めると、

「手をついて謝れ！」

と、怒鳴っている男の声。「さもなくば……」

ワーッと取り巻いた連中が声を上げる。

「抜いたぞ！」

「刀を抜いた！」

小袖はちょっと気になって、

「ごめんなさい」

と、人垣を分けて覗いた。

店先の床机に女が一人、二十五、六でもあろうか、地味ななりではあるが、きっちりと腰をかけて、静かにお茶を飲んでいる。

その女に向って怒鳴っているのは、薄汚れた恰好の浪人者で、確かに刀を抜いている。

「何ごとです？」

と、小袖が前掛けをした娘にそっと訊くと、

「あのご浪人様が、お団子を召し上ったあげく、『金はない』とおっしゃって……。そしたらあの女の方が、『その安物の刀でも置いて行けばいいでしょう』と……」

「それはそうだわね」

「でも、ご浪人様は『武士の魂を馬鹿にするか！』と怒ってしまわれて」

それは女の言う方が正しい。実際、小袖が見ても、浪人の刀はろくに斬れそうにない。

浪人の方は、騒ぎになって、茶店の方が、

「お勘定は結構ですから」

と言い出すだろうとの算段らしい。

しかし、女の方が一向に怯える風でもなくて、

「その刀でお斬りになるのですか？　ちゃんと研いでからにして下さいな」

と、落ちつき払っているので、

「言わせておけば……」

と、刀を振り上げた。

小袖は隣に立っていた広之進の腰から、小刀を素早く鞘ごと抜き取ると、その浪人へと駆け寄って、鞘の先で腹を突いた。

ちゃんと狙ってのことで、浪人は、「ウッ」と、ひと声唸ると、そのまま二、三歩後ずさって、引っくり返ってしまった。

「――まあ」

と、女が小袖を見て、「お手数をかけて」

「いいえ」

小袖は広之進へ小刀を返して、「当分は気絶しているでしょう」

広之進は呆然（ぼうぜん）としている。

集まっていた野次馬の中から、

「今どきの女は強（つぇ）えもんだな！」

という声が聞こえて来た。


「みごとなお手並でした」

と、女は言った。

「どうもね」

と言ったのは次郎吉で、「こいつは道場通いが趣味でして」

「兄さんたら。別に道場の宣伝をしたわけじゃないわ」

と、小袖は澄まして言うと、「紫乃（しの）さんとおっしゃるんですね」

「はい」

と、その女は小さく会釈して、「ご迷惑をおかけしたようで……」

「いいえ。私が手を出さなくても、あなたはあの浪人をあしらってしまわれたでしょうけどね。でも万が一、刀傷を負われては、と思い」

「はあ」

紫乃というその女は、「斬られるのはいいのですが、あの浪人の錆びの出た刀では……」

少し風の冷たい夕方だったので、次郎吉たちは温かいそばをすすっていた。

「紫乃さん、その『斬られるのはいい』とおっしゃるのは……」

と、小袖が気にして、「なまじの覚悟ではありませんね」

「とんだことを申しました」

と、微笑んで、「どうぞ忘れて下さいませ」

「何かわけがおありのようだ」

と、次郎吉は言った。「無理にとは言いませんがね。話していいとお思いなら……」

そこへ、

「あ、やっぱりここに！」

と、店へ入って来たのは、仙田良安の診療所で働くお国。

当然すぐ後から良安の娘の千草も入って来た。

「小袖さん、性質の悪い浪人をやっつけたんですってね」

と、お国が言った。「評判ですよ」

「まあ、耳が早いわね」

「おけがはなかったの？」

と、千草が言った。

「そりゃ、小袖さんの方にはないですよ」

「お国、そばでも食えよ」

と、次郎吉が苦笑して、「千草さん、診察の帰りですか」

「ええ。このところ、父が面倒がって、私に代りに行って来い、と言うことが多いのですよ」

「そりゃ、千草さんの腕が上ったからだ。良安さんもご安心でしょう」

「いえ、とんでもない」

千草は次郎吉と並んで腰をおろすと、「ただ、お大名やご家老のような身分の方が、女の私の言うことだとよく聞いて下さるので」

「千草先生、容赦ないですもん」

と、お国が言った。『このままでは遠からず心の臓がやられますよ！』って叱ってるんです」

「まあ、お国ちゃん」

と、千草は笑って、「私はただ、本当のことを、ご当人のために申し上げているだけです」

「そいつあ分るね」

と、次郎吉は言った。「良安さんだと、酒の一杯でも出して、ほどほどに、ってことにもなるだろうが、千草さんが相手じゃ、そうもいかねえ」

「確かに」

と、千草が肯いて、「私、余計なことは申し上げませんから」

千草たちもそばを食べ始めて、先に食べ終えていた紫乃という女が、

「お医者様なのですね」

と、興味深げに千草を見る。

「江戸一の名医です！」

と、お国が自慢する。

「羨ましい」

と、紫乃は言った。「オランダ医学を学ばれたのですね」

「よくお分りに」

「その薬箱を見れば……」

「あなたも？」

「父に懇願しました。長崎へ行かせてくれ、と。でも、その代りに、三十も年上の亭主を押し付けられました」

と、紫乃は言った。「私は十六、夫は四十五でした。私は藩の重役の後添えに……」

「そうでしたか。私は父が医者ですから、快く出してくれましたが」

と、千草が肯いて、「私などは恵まれているのですね」

「でも、それだけの才能がおありだったのですわ」

紫乃は、あまり自分のことは話したがらない様子だった。

「――私、もう宿へ戻りませんと」

と、紫乃はそばの代金を払って、「お目にかかれて楽しゅうございました」

立ち上ろうとして、フッとよろける。

「大丈夫ですか？」

次郎吉は急いで支える。

「すみません。ときどきこんなことが……。じきに治ります」

「どこかで横になった方が……。顔に血の気がねえですぜ」

「私が」

千草は、紫乃の手首を取って、それから紫乃の瞼の裏を見ると、

「ひどい貧血を起こしておいでです」

と言った。「診療所へ参りましょう」

「いえ、そんな……」

「このままでは、二、三十歩で倒れてしまいますよ」

「どなたか宿にお連れさんが？」

と、次郎吉は訊いた。「何ならお知らせしますぜ」

「いいえ、大丈夫です。本当に私――」

歩きかけるが、またふらついて、座ってしまう。

「駕籠を呼びましょう。お国ちゃん、辻駕籠がいるでしょう。見付けて来て」

「はい！」

「申し訳ありません……」

と、紫乃は言った。「でも、ご迷惑を……」

「医者に迷惑ということはありません」

紫乃はちょっと頭を振って、

「では――次郎吉さんでしたね。手紙を書きますので、宿へ届けていただけますか」

「お安い御用で」

「でも、私がどこにいるか、言わないで下さいませ」

「といいますと？」

「千草さんの所にご迷惑が。――私はいずれ斬られて死ぬ身なのです」

と、紫乃は淡々と言った……。

忠臣

「さようでございます」

と、その男は言った。「紫乃様にお仕えしております、文助と申します」

まだ若い。二十四、五だろうか。

小柄で色白な、一見少年のような印象の男である。

「これを紫乃さんから預かって来ました」

と、次郎吉が手紙を渡すと、

「ああ！　あの方は――ご無事なのでしょうか」

と、文助は青ざめて身を震わせた。

「ちょっと具合が悪そうなので、医者の所に。ともかく、それを読んでくんな」

文助は震える手でその手紙を読むと、大きく息を吐いた。

「では……ご無事なのですね！　安心しました」

「確かに。すぐにどうってことはないようだがね」

と、次郎吉は言った。「場合によっちゃ、しばらく診療所にいてもらうことになるかもしれねえ。だが、紫乃さんは、あんたに診療所がどこなのか教えねえでくれ、と

「……」

「さようでございますか」

と、文助は肯いて、「ですが、私は何としてでも捜し当てます。ここにあるような女のお医者様のおられる所は、そうはございますまい」

「違えねえ。紫乃さんも、本当はあんたに来てほしいのかもしれねえな」

「私をお連れいただけないでしょうか」

「そいつは……。ま、同じことか」

——次郎吉は、結局文助を伴って千草の所へ行くことになった。

しかし、次郎吉は文助に訊いてみたいことがあったのである。

「文助さん、あの宿にはどれくらい？」

「さようですね……。かれこれ半月ほどになります」

「こう言っちゃ何だが、紫乃さんのような人が泊るには少々安宿に過ぎないかね」

「そう言われますと……。私も心苦しいのでございますが」

「いや、何かよほどの事情のある様子。余計な世話と言われそうだが、もし力になれることがあれば……」

「ありがとうございます」

夜道を辿る内、文助はポツリと言った。「私どもは仇討の旅をしているのでございます」

「仇討？　すると、敵を捜してるってことで？」

「いえ……。紫乃様を敵と狙って追ってくる者が……」

「紫乃さんを？　どうしてまた……」

文助は、それ以上は話せない様子だった。おそらく紫乃から、誰にも言うなと命じられているのだろう。

重苦しい沈黙の内、二人は診療所に着いた……。

「文助――」

寝ていた紫乃は身を起こそうとして、めまいがするのか布団に倒れ、「来てくれたの」

「紫乃様！」

と、そばへ膝をつく文助へ、

「大丈夫。いつものめまいよ。心配しないで」

と、なだめるように言いながら、「宿の方はいいの？」

「はい。ちゃんと手当してございます」

次郎吉は、文助にここにいることを教えないでくれと言った紫乃が、文助を見てホッと安堵（あんど）しているのを見て取った。

「もう……戻らなくては……」

と、紫乃が起き上ろうとする。

「今夜はここにお泊り下さい」

と、千草が言った。「今は無理をしないことです」

「でも……」

「いいんですよ。のんびり寝てらっしゃれば」

と、お国が盆を運んで来て、「温かいものをお腹に入れて、ゆっくり眠るのが一番です！」

「ですが……」

と、紫乃がためらっている。

「何か事情がおありのようだ」

と、次郎吉は言った。「むしろ宿へ戻らねえ方が安全なのじゃありませんか？」

「文助、お前――」

「いいえ、私は何も……」

紫乃は深く息をついて、

「どうも、すぐには起きられそうにありません。お言葉に甘えて、ひと晩、ご厄介になります」

「それがいい。文助さんも、心配なら、その辺でやすんだらどうです」

「ですが、そのようなご迷惑を……」

「大勢、患者さんがいるんですもの、気にしないで」

と、お国が気軽に言うと、誰もが苦笑しておさまってしまう。

「――次郎吉さん」

千草が廊下へ次郎吉を連れ出すと、「何か分ったのですか？」

「どうやら、狙われているようでね」

「紫乃さんが？」

「今、小袖を、あの二人の宿へやりました。安宿だが、二人を捜して来る奴がありそうでね」

次郎吉は、千草の部屋で小袖の帰りを待つことにした。

「――あの紫乃さんですが」

千草が治療を終えて来ると、「どうも良くありません」

「どこが悪いんで？」

「何とも……。血の道の病らしいとしか。まだ治療する手立てがない病の一つだと思います」

「じゃあ……」

「すぐにどうということはなくても、たぶんゆっくり養生しても一年かそこら……」

「そうですか」

次郎吉は肯いて、「たぶん、当人もそういう予感がしてるんでしょうな」

茶を飲んでいると、小袖が戻って来た。

「どうだった？」

「侍が四人、紫乃さんたちを捜しに来ていたわ」

「そうか。宿屋にいなくて幸いだったな」

「二人とも出ていると聞いて、あの宿に泊ることにしたようだわ」

「どこの侍だ？」

「そこは聞こえなかった。ただ……」

「どうした？」

「侍といっても、ひどく疲れてるようで、たぶん辛い旅をして来たんでしょう。四人の内、一人はまだ十代の若い侍で、他の三人はその縁者らしかったわ」

「すると、やはり仇討か……」

「話の様子で、私もそう思ったわ。でも、どうして紫乃さんを討たなきゃならないの？」

「俺だって知らねえ」

次郎吉は障子の外の気配に、「文助さんかい？　入んなよ」

「失礼いたします」

文助が静かに入って来る。

「今の小袖の話、聞いたか」

「はい、確かに」

「紫乃さんを討とうと追って来た連中のようだがね」

「間違いございません。紫乃様がこちらにおいでてようございました」

「あの人たちは……」

と、小袖が言った。「若いお侍は、本多様と名のっていたようでした」

「はい。本多与一郎様とおっしゃいます。他の三人は、おそらく与一郎様の伯父や義兄でございましょう」

「本多様ってのは……」

「紫乃様が十六で嫁がれたのが、本多藤右衛門様でございます。今から十二年前のことで……」

「すると与一郎っていうのは？」

「本多藤右衛門様が戸崎という奥女中に産ませた子でございます。紫乃様にお子ができなかったので、与一郎様を後継ぎにと……」

「まだお若いでしょう」

「はい、おそらく十六……十七になられるかどうか」

「その与一郎って人が紫乃さんを追ってるってことは……」

文助は少し間を置いて、

「――はい。本多藤右衛門様が斬られたのでございます」

「それが紫乃さんのせいだと？」

「紫乃様が他の男と不義を働いている所へ、藤右衛門様が踏み込み、男を斬ろうとして逆に」

「斬られたのか。亡くなったのかね」

「はい。ちょうど二年前のことでございます」

と、文助は言った。「その夜の内に、私は紫乃様と共に旅へ出たのでございます」

「紫乃さんが不義？　本当かしら」

と、小袖が首をかしげる。「で、斬った男は？」

「分りません」

「分らない？」

「それが誰だったのか、紫乃様は決して口にされないのです」

次郎吉たちは顔を見合せた。——何かある。

知られていない秘密が。

次郎吉も小袖も千草も、思うことは同じだった。

風の声

朝まだき、川べりの道は白く霧に包まれていた。

「畜生め……」

誰に向って言うでもなく、その侍は吐き捨てるように言うと、大きく腰をひねった。

「いつまで、こんなことが続くんだ……」

と、ため息と共に呟く。

背後に足音がして、

「誰だ？」

と振り向く。「——津田か」

「貴様も眠れなかったのか」

と、欠伸しながらやって来た侍は、「あと一歩というところだったな」

「あの宿屋に戻って来ると思うか？」

「どうかな。——我々がいることは知るまいが」

「ともかく、早くけりをつけて帰りたい！」

「おい、浅香、お前、本当にもし紫乃殿を見付けたとして、斬れるのか」

「何を言い出すんだ」

と、浅香は目をそらして、「そう言うお前はどうだ。紫乃殿にあんなに恋文を送っておいて」

「あんなものは戯れだ」

と、津田は肩をすくめて、「むろん——目の前に紫乃殿が現われたら、ためらうだろうな。だが、仇討をするのは、あくまで与一郎だ。俺たちは助太刀。そこを忘れるな」

「そう言っても、あの坊主は頼りないぞ」

と、浅香は苦笑して、「ゆうべも、ろくに眠れないとみえて、何度も厠へ立っていた」

「疲れているのはお互いさまだ」

と、津田は言った。「しかし、路銀がな……。こうも足りなくなるとは思わなかった」

「初めの内、景気づけと称して酒を飲み過ぎたな」

「お前が人一倍飲んだのだぞ。どこかで稼いで来い」

「それを言うのか！　腕が立つと自慢していたのは、津田、貴様だぞ。道場破りでもして来たらどうだ」

「何をするにも、あの安宿で、ろくに眠れんのではな……」

浅香は大きく伸びをして、

「江戸の町でも、こんなに霧が出ることがあるのだな……」

と言った。「まるで山の中のようだな。――おい、津田」

振り向くと、津田はいなかった。

「何だ、人にしゃべらせておいて……」

と、浅香はブツブツ言いながら、「酒だ。店の開くころになったら、酒を買って来よう……」

と、宿へ戻ろうとして……。

霧の中に、ヒュッと風を切る音がした。

「何だ？」

歩きかけて、浅香は何かにつまずいた。「おっと！　――何だ？」

足下を見て、浅香は息を吞んだ。

突っ伏すようにして倒れているのは、津田だったのだ。

「何と……」

　小柄が目に入った。

「おい、どうした！」

　膝をつくと、津田の首に刺さっている小柄が目に入った。「何と……」

　誰がこんなことを……。

　浅香は立ち上ろうとして、またヒュッという風を切る音を耳にした。

「アッ！」

　太腿に鋭い痛みを覚えてよろける。――小柄が太腿に刺さっていたのだ。

「誰だ！」

　と、浅香は怒鳴った。

　ヒュッという音がして、小柄が飛んで来ると、浅香の脇腹に刺さった。

「助けてくれ！　――誰か！」

　苦痛に、声もかすれた。――白い霧の中から、小柄が飛んで来る。

「誰か来てくれ！　人殺しだ！　誰か――」

　言葉が途切れた。

　浅香の喉を、真直ぐに小柄が貫いていた。

　ヨロヨロと二、三歩歩いて、そのまま浅香は倒れた。

　二つの死体を、まだ濃い霧が覆って行った……。

小袖が囁くように言った。

「兄さん……」

「ああ、分ってる」

次郎吉は肯いた。「四人連れの二人だな」

「ええ、間違いない」

と、小袖が首を振って、「相当に修練を積んだ者の仕業ね」

「やれやれ……」

と、ため息をついたのは、同心の大谷左門だった。「こんな手口、見たことがない」

「小柄に何か変ったところは？」

と、小袖が訊く。

「いや、気付かなかったですがね」

と、大谷は言った。

「見せてもらっても？」

「ええ、もちろん」

小袖は倒れている二人のそばへ行って、刺さった小柄をじっと見ていた。

そこへ、

「失礼だが……」

と、少し年輩の侍がやって来た。

「何か？」

「話を聞いて、もしかすると、拙者と同行している者ではないかと……」

「そうですか。確かめて下さい」

「ごめん」

そばへ行って、息を呑む。

「――お仲間で？」

と、大谷が訊く。

「さよう。――浅香と津田です」

「あなたは……」

「申し遅れた。尾形小源太という者。この二人とは旅を共にして来たので……」

「尾形さん」

と、声がして、若い侍がやって来た。「どうしたのです」

「与一郎、とんでもないことになった」

与一郎と呼ばれた若侍は、倒れている二人を見ると、愕然として、

「あれは……まさか……」

「浅香と津田だ」

「一体何が……」

「分らん。小柄でやられている」

「小柄……」

与一郎は、目の前の光景が信じられないように、「こんなことが……」と呟いていた。

小袖は次郎吉のそばへ戻ると、

「小柄には何の印もないわ。たぶん手作りでしょう。喉を狙って命中させるなんて、並のことじゃない」

「四人がアッという間に二人になったか」

次郎吉は顎をなでて、「そこの坊っちゃんに話を聞いた方がいいかもしれねえな」と言った。

ともかく、侍が二人も同時に殺されたのだ。

一緒に旅をして来たという、本多与一郎と、尾形小源太の二人は、同心の大谷について、奉行所へ向った。

浅香と津田という二人の死体をどうするか、決めなければならないだろうし、次郎吉たちが、与一郎たちと話をする機会はなかなか見付けられなかった。

「たぶん、宿へ戻ってくるにしても、夜になるだろう」

と、次郎吉は言った。

「どうするの？」

と、小袖が訊いた。「紫乃さんにこのことを話す？」

「どうしたもんかな」

次郎吉は迷っていた。

斬られる覚悟を極めていると見えた紫乃が、この出来事をどう受け止めるか、予想がつかない。

「小袖、診療所へ一人で戻っていてくれねえか」

「兄さんは？」

「二人の亡骸を放っちゃおけめえ。たぶんどこかの寺へ運ぶだろうから、それを見張って、話を聞いてみる。寺までは役人もついて来ねえだろう」

「分るけど……。それまでずっと待ってるつもり？」

「といって、どうするんだ？」

「ああいう場合、亡骸を運ぶお寺は大方決ってるのよ。兄さん、知らないでしょ」

「何でお前がそんなことを知ってるんだ？」

「広之進様の知ってるお侍が、酒の上の争いで斬り合って亡くなったんですって」

と、小袖は言った。「でも、斬られたお侍の家じゃ、父親が怒って、『立ち合いに負けて死ぬような情ない息子はおらん！』と言って、亡骸を引き取ろうとしなかったって。広之進様のお父上が仕方なくお寺に運んで、供養してもらったそうよ」

「やれやれ、誰も好きで斬られやしねえがな」

次郎吉は、もっともなことを言った。

「それより、本多藤右衛門って、藩の重役って話だったわね」

「そうだな。江戸屋敷もあるはずだが、あの与一郎たちを泊めてもくれねえのか」

「敵が江戸にいると分っていれば、手助けくらいはしてくれそうね」

「室崎藩だったな。――ちょっと探りを入れてみるか」

「ついでに千両箱も？」

「そううまく行くか」

と、次郎吉は苦笑した。

二人は、まだ店を開ける前の居酒屋の店先を借りて休んでいたが――。

「しかし、妙だと思わねえか」

と、次郎吉が言い出した。

「何が？」

「紫乃さんが不義を働いているところへ、亭主の藤右衛門が踏み込んで斬られたってことだが、紫乃さんの相手が誰なのか、藤右衛門を斬ったのも誰なのか分らないと来てる。それで、どうして紫乃さんが不義をしていたと分ったんだ？　あの文助の話じゃ、その夜の内に発ったってんだろ？　じゃ、一体何が起ったのか、どうして分ったんだ？」

「それはそうね」

と、小袖は肯いて、「誰か、その場に居合せたか、でなければ……」

「でなければ？」

「うん……」

次郎吉は顎をなでながら、「こいつは、やっぱり室崎藩の江戸屋敷にお邪魔しねえといけねえようだな」

と言った。


「どうぞよろしくお願い申す」

と、尾形小源太が頭を下げる。

「承知いたしました」

寺の住職が答えて、尾形と、傍で控えていた本多与一郎は、寺を出た。

墓地の中を抜けて行くと、もう黄昏時で、並んだ墓石がどれも黒くたたずむ人影の列のようにも見えた。

「日が暮れると風が冷たいな」

と、尾形が歩きながら言った。「与一郎、寒くないか」

「いえ、私は……」

と、呟くように言って、「あのお二人は気の毒なことを……」

「いつまでも悔んでいるでない」

と、尾形は少し咎めるように、「仇討の旅なのだ。命を落とすこともあると、二人とも承知の上のこと」

「ですが――」

「いいか、与一郎。つまらぬことを考えるな」

と、尾形は一段と厳しく、「すべては藩の上役たちの決めたこと。我々はそれに従えばよいのだ」

「それは分っておりますが……」

「お前は、本多の家を継がねばならんのだぞ。それを忘れるな」

そう言われると、与一郎は黙ってしまった。

二人が、すでに暗くなりかけた墓地から出て遠ざかって行くと、次郎吉は墓石のかげから出て来て、

「どうやら、少々ややこしい話になりそうだな……」

と、腕組みして呟いた。

面目

大藩とは言えないにせよ、それなりの屋敷。

次郎吉は、まず藩主や奥方の寝間を捜すことにしている。

大物の周囲には、おこぼれをちょうだいしようとする連中が集まるものだ。あれこれ、つまらぬ企みをするのも、その手の連中が多いのである。

そっと廊下を忍んで行くのは、油断のない侍で、天井裏で次郎吉も息を殺していたのだが――。

スッと襖が開いて、

「来たか」

と、中から女の忍び声。

「おくみ様……」

「待っていたぞ。早う中へ。――見られなかったでしょうな……」

「ご心配なく。それより――」

「旦那様はすっかり酔い潰れておいでだ。何があろうと目は覚まさぬ。さ、早う……」

――何だ、若侍を連れ込んでの色事か。

次郎吉はあてが外れて、移動することに。

寝静まっているとはいうものの、耳を澄ませば、色々と聞こえてくるものだ。

女中たちのヒソヒソと囁きかわす噂話や、花札の音、こっそり酒盛りをしているらしい忍び笑いも聞こえてくる。

そして――。

「何とかしていただきたい」

と、どこか切羽詰った口調は、聞き覚えのある声だった。

あの尾形小源太だ。

「そう言われても……」

迫られて困惑しているらしい相手も、尾形と同年輩の侍だろう。

「二人もやられたのだぞ！　それもよける間もなかったようだ。これ以上、与一郎についていては、拙者も危い」

「尾形、怖気づいたのか」

「当り前だ。お前だって、あの二つの亡骸を目にすれば震え上る」

「お前の言うことも分る。しかし、もともと与一郎とは血縁ではないか。それは変えようがない」

「そんなことは分っている」

と、尾形はふてくされている様子で、「しかし、拙者が死ねば、与一郎一人。仇討は覚束ないぞ」

「それはそうだが……。その小柄を使ったのは何者なのか……」

「分らんのか。あれだけの腕だぞ。家中にいれば、分らぬはずがなかろう」

と、尾形は言った。

「話を聞いて、当ってみた。しかし、思い当る者が見付からんのだ」

「ということは、よそから来た誰かだということだな」

「紫乃殿たちの助太刀をしようという者かもしれぬ。ともかく紫乃殿がどこにいるのか……」

「どうも、仙田良安とかいう医者の診療所らしいのだが」

「何？　それはまずいな」

「どうかしたのか」

「仙田良安とその娘は、長崎のオランダ医学を取り入れて、今、方々の大名から引張りだこなのだ。手を出すわけにはいかん」

「そんなことになっているのか」

「お前は江戸にいなかったから知らんだろうがな」

「しかし、熊田（くまだ）、お前にとっても、この仇討が無事に済めば得をするのだろう。どうにかして……」

「おい！　誰か聞いているかもしれん」

と、熊田と呼ばれた侍は、声をひそめて、「何しろ、このところ藩の中は、機会さえあれば人の足を引張ろうという奴ばかりだ。襖の向うに誰がいるか、分ったものではない」

「武士の世も、堕（お）ちたものだな」

と、尾形が嘆いた。「ともかく、今夜は泊めてくれ。あの宿には戻りたくない」

「うむ……。まあ、中間（ちゅうげん）部屋にでも泊ってくれ。ここにいるのを誰かに見られてはうまくない」

「中間部屋だと？　やれやれ。――では、仕方ない。宿に戻るか」

「明日、何とか考えて、宿の方へ使いをやる。夕刻まで待ってくれ」

「分った」

尾形が廊下へ出て、面白くなさそうに、「どこかで酒を仕入れて行こうか……」

と呟きながら行ってしまう。

次郎吉は、熊田の言っていた通り、「襖の向う」に、二人の話に聞き耳を立てている者がいることに気付いていた。

熊田が襖へ寄ると、

「聞いておられたか」

と、声をかける。

「もちろんです」

と、女の声がして、襖が静かに開いた。

「尾形の話では、与一郎殿が相当に参っておいでのようですな」

「あの子は生来、やさしい子です」

「戸崎殿。事態がこうなっては……」

――戸崎？　どこかで聞いた名だ、と次郎吉は思った。

そうか。本多藤右衛門の妾で、与一郎を産んだ女ではないか。

その母親がなぜ江戸屋敷にいるのだ？


ひんやりとした風が頰を撫でて、小袖は目を覚ました。

外の風が入っている。素早く布団から抜け出した。

小袖は千草の頼みもあって、診療所に泊り込んでいたのだ。

廊下へ出ると、明りを手に、千草がやって来るのが見えた。

「小袖さん――」

しっ、と唇に指を当て、

「戸が開いています」

と、囁くように言った。

「本当だわ。ロウソクの火が揺れてる」

二人して、風の来る方へ進んで行くと、戸を開け、そっと表に出ようとする人影が。

「——どこへ行くのです」

と、千草が声をかけると、紫乃はハッとして、

「こちらにいては、ご迷惑。行かせて下さいませ」

「いいえ。医者として、病人に命じます。床へお戻り下さい、と」

「ですが……」

「紫乃さん」

と、小袖が言った。「夜風に当っても死ねませんよ」

小袖の言葉に、紫乃はフッと笑った。

「そうそう」

と、千草が言った。「笑うのはいいことです」

「分りました」

「私が戸を」

と、小袖が進み出て、半分ほど開いた戸を閉めようとした。「――誰か外に」

庭先に、足音がした。

「隠れて!」

と、小袖は身を沈めた。「小柄が飛んで来たら――」

千草が手にしていた灯(ひ)を吹き消した。

「何者!」

と、小袖が誰何(すいか)する。「答えなさい!」

足音が止った。

そして、暗がりの中から、

「私です、紫乃さん」

と、声がした。

「まあ……。与一郎さんですね」

と、紫乃が驚いて言った。

「一人のようですね」

と、小袖が言った。

「はい……。刀は宿に置いて来ました」

と、若い声が言った。

「どうしてここが……」

「奉行所で聞きました。腕の立つ女の医者がいると。尾形さんは一緒ではありません」

かすかな明りに、疲れた子供のような顔が浮んだ。

「お入りなさい」

と、千草が促した。「戸を開けたままでは、病人に良くありません」

「はい……」

庭から上って来た若侍ともども、千草が客間へ入れる。

「紫乃さん」

と、与一郎が思い詰めたように、「私にはもう耐えられません」

「いけません。私はあなたの父親、藤右衛門様の敵(かたき)なのですよ」

と、紫乃が遮るように言った。「私を討って、本多の家を継がなければ」

「もうそんなことは……。私には本多の家など、どうでもいい」

「与一郎さん――」

「どうしたって、私にはあなたが斬れない。お分りでしょう」

「ひと太刀浴びせればそれでいいのですよ。後は尾形さんが止(とど)めを刺すでしょう」

「いいえ。それくらいなら、いっそ我と我が身を斬った方がましというもの」

話を聞いていた小袖は、

「そういうこと……。そうだったのですね」

と言った。「紫乃さんの不義の相手というのは、与一郎さんだった」

少しの沈黙があった。

「――すべては私の罪です」

と、紫乃が言った。「与一郎さんの母、戸崎殿は我が子に冷たかった。与一郎さんにお家を継がせるためと言って、厳しく接していました」

そして、与一郎の方へ目をやると、

「与一郎さんは、いつも私の所へやって来て過ごすように……。でも、まだ若い、というより幼く見えた与一郎さんのことを、私は子供としか見ていなかった。私を慕ってくれる気持には気付いていましたが、女を想う男のそれとは思ってもみませんでした……」

「私も、初めは本当の母より母らしく、やさしい紫乃さんに、ただ甘えていたのです」

と、与一郎が言った。「でも――一旦、紫乃さんを生身の女性と見てしまうと、もう元には戻れず。ただただ、いとしいと思い詰めていたのです」

「あの夜、旦那様は酒席で遅くなるはずが、風邪気味で早めにお帰りに。――悪いことに、湯上りの私の所へ、与一郎さんが忍んで来られ、私は帰るように言ったのですが……。声を立てて騒げば、ことが女中たちに知れて、噂になろう、と心配で、迫って来る与一郎さんを、つい腕に抱いていたのです」

「でも、それだけです！」

と、与一郎は言った。「紫乃さんは拒んでいた。でも、襖がガラッと開いて、父上が……」

「私は懸命になだめましたが、藤右衛門様は怒りに任せて刀を抜き、与一郎さんを斬ろうとなさったのです。私は、『斬るなら私を』と与一郎さんをかばったのですが、それがいけなかったのです」

「紫乃さんが斬られる、と思うとカッと頭に血が上り、父上の手から刀を奪って……」

与一郎が大きく息を吐いた。

「——藤右衛門様が斬られて倒れ、乱れた夜具がある。私は、呆然としている与一郎さんを部屋から押し出し、『誰かに真実を言えば、私の恥』と言い含めて。——そこへ、何かあったと気付いた文助がやって来たのです。そして私は、その夜の内に……」

「すべては私の罪です」

と、与一郎が、ついさっきの紫乃と同じ言葉を口にした。「父上を夢中で斬り、それを紫乃さんの罪にしてしまった……」

「与一郎さん……」

「もう黙っていられない。私は本当のことを話します。——切腹することになっても、それでいい。紫乃さん、そうさせて下さい」
と、与一郎は畳に手をついた。
「いけません」
と、紫乃はきっぱりした口調で言った。「そんなことになったら、私はどうすれば
いいのですか？　あなたを死なせて、後は面白おかしく生きて行けと？」
与一郎が目を伏せる。紫乃は続けて、
「聞いて下さい。与一郎さん、私はもう長くない。病が悪くなって、あと少ししか生
きられないのです」
「紫乃さん……」
「千草先生に訊いて下さい。――そうですね、千草さん」
千草は少し迷っていたが、
「あとどれくらいかは分りませんが、確かに、今の医術ではどうしようもない病だと
思います」
「ね、お分りでしょう。病で辛い思いをするより、あなたの手にかかった方が、私に
とって救いなのです」
紫乃の説得に、与一郎はしばし言葉を失っていた。
小袖が顔を庭の方へ向けて、

「人がいます。三人か四人か」

と言うと、小太刀をつかんで立ち上った。

別れ

「私が——尾けられたのか」

と、与一郎が言って、「私が話をします。任せて下さい」

「いけません」

と、小袖が言った。「おそらく、あなたの藩の者ではないでしょう。動かないで」

廊下に文助が控えていた。

「私もご一緒に」

文助が懐から取り出したのは——数本の小柄だった。

「文助！　お前が？」

と、紫乃が息を呑んだ。

「あなたをお守りするのが私の役目です」

小柄だけを、ひたすら修練したのだろう。剣を学んだわけではないので、小袖たちもそれが文助の業とは分らなかった。

「では、一緒に」

と、小袖は小太刀を抜いた。

庭に、じりじりと迫ってくる足音がした。

「私が戸を」

と、文助が小声で言って、小袖が肯く。

文助は真直ぐに立つと、正面の戸を足で思い切り蹴倒した。

庭にいた男たちがあわてて後ずさる。

小袖は廊下から一気に庭へ飛び下りた。

相手は三人。抜いた刀を構える間も与えず、小袖は二人の腕と太腿を斬った。

同時に、文助の小柄が空を切って、もう一人の肩に刺さった。

そのとき、

「待て――」

と、声がした。「愚か者め！　刀をひけ！」

ひく前に、三人はすでに痛みにうずくまっていた。

与一郎が驚いて姿を見せた。

「ご家老様――」

「戸崎は死んだぞ」

と、白髪の侍が言った。

「え？　母上が？」

「尾形を刺そうとして、斬られたのだ。尾形も深傷を負って、長くあるまい」

「そんなことが……」

与一郎が呆然としていると、紫乃が庭先へ下りて来た。

「紫乃でございます」

「おお、無事であったか」

「申し訳ありません。私がもっと早く討たれていれば、このような仕儀には……」

「そなたに落度はない。熊田が何もかも話した」

「熊田様が……」

「あの夜、熊田は本多殿を屋敷まで送って、一部始終を見ていたのだ。与一郎が斬ったとなれば、本多の家は途絶える。熊田は戸崎と組んで、紫乃を討たせようとした」

「ご家老様……」

「そのために、浅香、津田が死んだ。そして尾形まで。――与一郎。そなたは藩を出て、別の道を行け」

「かしこまりました」

「ですが……」

と、紫乃は口ごもった。

「これ以上、死人が出ては、お上の目が怖い。これですべて忘れてくれ」

負傷した三人は、呻いていた。

「熊田が雇った浪人だ。血止めでもしてやればよい」

家老は息をつくと、「紫乃、そなたも故郷へ帰るなりすればよい」

「はい……」

「手当をしましょう」

と、千草が言った。「治療代は藩で払っていただけますか?」

「うむ……」

家老は渋い顔になったが、「こちらに迷惑をかけたしな。それは何とかしよう」

「ありがとうございます」

千草は、騒ぎに起きて来たお国へ、「お国ちゃん、仕度して」

「はい!」

「しかし……」

と、家老が首をかしげて、「誰か知らんが、天井裏から文を投げ落とした者があってな。そこに戸崎と熊田の話が記してあった」

「天井裏ですか」

と、お国がそれを聞いて言った。「天井裏と来りゃ、〈鼠〉ですよね」

「――いなくなった？」

と、次郎吉が起き上って言った。

「ええ。朝早く、暗い内に旅立ったようよ」

と、小袖は帰って来て、上ると、「与一郎さんもついて行ったって」

「そうか……」

文助は、紫乃を守ろうとしたにせよ、侍二人を殺している。

「文助さんが一人で出て行こうとしたらしいけど……」

「紫乃さんも、放ってはおけなかったんだな」

「で、与一郎さんも一緒にって。――三人で、どこか遠くへ行くつもりでしょう」

紫乃も長くない身だ。どこかでひっそりと暮したかったのかもしれない。

「千草さんが、兄さんによろしくって」

「何だ、今さら？」

「けがさせた浪人の治療代を、結構しっかり取ったそうよ。兄さんと私に何かごちそうしてくれるって」

「妙な話だな」

と、次郎吉は苦笑した。「しかし、盗むほどの金もなさそうだったぜ、あの藩には」

「じゃ、あのご家老が自腹を切ったのかしらね」

「何か切るなら、それぐらいにしておいてほしいな」

「兄さんが稼がないから、千草さん、気をつかってくれてるのよ」

「盗人（ぬすっと）をたきつける奴があるか」

次郎吉はそう言って、またゴロリと横になった。

鼠、隠居を願う

ため息

「兄さん、出かけてくるわよ」

と、声をかけたのは小袖である。

「おい……」

奥の部屋で、布団にうつ伏せに寝ていた次郎吉は、弱々しい声で、「お前、今日一日ぐらいは休めねえのか、道場を」

と言った。

「だめなのよ」

と、小袖はもう下駄をはいて、「今日は師範代が私しかいないの。先生は湯治に行ってるし。道場を見るのは私だけなのよ」

「そうか……」

「ともかく、じっと寝てるしかないんだから。いいわね。帰りに鰻（うなぎ）の折詰でも買って来てあげるから」

「分ったよ」

と言いながら、次郎吉の表情は不平たらたら。

「それじゃ」

小袖はさっさと出かけて行った。

「――畜生」

と呟いてみたものの、腰の痛みが治るわけでもない。

昨日から、腰を痛くしてうつ伏せに寝ているのである。

それも本業で瓦屋根を跳んで歩いていて落ちたとでもいうのならともかく、この長屋の近くを歩いていて、毬が一つ転って来たのを、面白がって蹴返してやった拍子に、足が滑ってスッテンコロリ。したたか腰を打ってしまったのだから、我ながら情ない。

「これじゃ〈鼠〉も商売あがったりだな……」

と、つい愚痴の一つも口をついて出ようというものだ。

「俺も年齢かな……」

そろそろ隠居するか。――小袖が聞いたら竹刀で兄をぶん殴るだろう。

「いてて……」

これじゃ茶の一杯も飲めやしねえ。

しかし、少しすると、ガラッと戸が開いて、

「次郎吉兄さん！」

と、やたら元気のいいお国の声がした。

小袖の奴、一応気づかって千草さんの診療所に知らせておいてくれたのか？——と思いきや、

「あれ？　まだ寝てるんですか？」

と、お国は上って来て、「何ですか、ひしゃげたカエルみたいな」

「何言ってやがる」

と、次郎吉はにらんで、「腰を痛めて起きられねえんだ」

「へえ。次郎吉兄さんでもそんなことがあるんですか」

生意気盛りのお国は、仙田良安の診療所で、オランダ医学を学んだ娘の千草について手伝いをしている少女である。

「そんなこと言ってねえで、茶を一杯いれてくれ」

と、次郎吉が言うと、

「そんなことしてる場合じゃないんですよ。次郎吉兄さんにすぐ来てほしいって、千草先生が」

「お前な、痛くて寝返りもうてねえんだぞ。そんなこと、できるわけないだろ」

「あ、そういう冷たいこと言うんですか。千草先生が牢屋（ろうや）に入れられて拷問されてもいいんですか？」

「何だと？」

「それはちょっと大げさだけど、大変なんですよ、千草先生が」

「そんなこと……。いてて……」

起き上ろうとして呻き声を上げる。

「だめですね！　百姓はね、少々腰が痛くたって一日も休めないんですよ」

と言うなり、お国は、「私に任せて下さい！」

「おい、何するんだ？　――よせ！」

ギャーッという叫び声が長屋に響き渡ったのを、後で次郎吉は、

「ありゃ猫の喧嘩でさ」

と説明したのだが……。

ともかく、少しして、次郎吉は駕籠に乗って診療所へと向ったのである。


「やあ、千草さん」

と、診療所に着くと、いつものように病人の間を駆け回っている千草がいた。

「次郎吉さん！」

と、千草はびっくりして、「お国ちゃんが？　次郎吉さん、ご迷惑だから、知らせちゃだめよ、って言ったのに」

千草は次郎吉の「本業」も察しているので、捕方とは係り合いたくなかろうと気づかっていたのだ。

「いや、他ならぬ千草さんのことだ。ちょっとでもお手伝いできればと思いましてね」

「調子いいんだから」

と、お国が笑った。

「次郎吉さん、どうなさったの？　杖を突いて」

「なあに、少々腰を痛くしましてね。杖に頼ってるんですよ」

杖といっても、そう大げさなものではない。

お国が、

「次郎吉兄さん、それじゃ、早速――」

「おい、茶をくれ！」

と次郎吉は言った。

「お茶ぐらい出してさし上げなくては」

と、千草がお国に言った。

「でも、いいんですか、そんな呑気なこと言ってて」

「せっせと患者さんを診ておかないと、その内お縄になるかもしれないからね」

千草は平然と言ったが、次郎吉もその表情の中にただならぬものを見てとって、

「いや、茶はどうでもいい。千草さん、話を聞かせて下せえ」

前の日の夕刻、千草は少し草深い埋立地にある一軒家へと向っていた。

これまで何度か父、仙田良安と通っていたので、道は分る。お国が他の用で使いに出かけていて、千草は一人であった。

薬箱をさげて、提灯を持ち、そこへ着いたころには少し薄暗くなっていた。

家の前に立派な駕籠が待っている。

「ごめん下さい」

と、千草が玄関を入ると、

「おお、これは」

と出て来たのは、さる大藩の勘定方をつとめていた武士。

「藤原様。父があいにく来られませず」

と、千草は言った。

「いやいや、あいつも女の先生の方が診てもらうにも気が楽と言っておりましてな」

藤原赤山と名のったのは、隠居してからのことだ。もうじき七十歳になろうというところだが、まだまだ元気で、この妾宅に、お葉という元芸者を囲っている。

そのお葉が、頭痛がひどくてしばしば良安の所へ使いをよこす。

「今のところは大分落ちついているようだ。まあ、千草さんと話せばあいつも気が晴れよう。よろしく頼みますぞ」

と、藤原赤山は会釈して、出て行った。

駕籠が行くのを見送って、千草は上ると、

「お邪魔します」

と、障子を開けて言った。

「ああ、千草先生！　良かった！」

丹前を着込んだお葉が、布団から出て茶を飲んでいた。

「今、そこで藤原様に」

「赤山って呼んであげた方が喜ぶみたいですよ。親のつけてくれた徳兵衛(とくべえ)って名が、商人みたいで気に入らなかったようで。赤山って自分が名のってるんで、ちょっと自慢みたいです。――お茶、さし上げましょうね」

お葉の診察は、いつも半分は取りとめのないおしゃべりになる。もっとも、それだけで頭痛が治まったりするのだから、多分に気の持ちようというところがあるのだろう。

「――まあ、どうも」

と、千草はお茶を飲んで、「いかがですか、具合は？」

「ええ、そう一日中ひどいわけじゃないんですけどね」

と、眉を寄せて、「眠れないほどひどいときも……」

見たところ、少しも寝不足というわけではなさそうだ。

大勢の患者を診ていると、ときどきこういう「病人になりたがる人」に出会う。誰かに心配してほしい、と思っていることもあるし、中には本気で「どこか悪いに決ってる」と思い込む人もいる。

たいてい、そんな人に限って、どこも悪いところがなかったりする。

しかし、まず患者の訴えを信じて見せることである。そうでないと、医者を信じてくれない。

「このお宅からあんまり出られないんでしょう？　少しは気晴らしにお出かけになればいいのに」

「ええ……。赤山の旦那もそう言って下さるんですけどね……」

と、一緒にお茶をすすりながら、「どこで誰と会うか分らないし……」

ちょっとふしぎな言葉だった。

妾宅での暮しは、確かに人に自慢できることではないかもしれないが、決して珍しくない。特にお葉は芸者だったのを、藤原赤山に気に入られて囲い者になったのだ。

芸者仲間には、むしろ「うまくやった」と羨ましがられていよう。

お葉には、「会いたくない相手」がいるようだ、と千草は思った。

そのとき、玄関に、

「ごめん下さいまし」

と、声がした。

「私、出ましょうか」

と、千草が立った。

「すみません！　この恰好なんで」

出てみると、どこかの丁稚らしい男の子で、

「これを」

頼まれて来たという文を手渡して、すぐに行ってしまった。

千草が渡した文をお葉は読んで、サッと青ざめた。——何ごとかと思ったが、すぐにお葉はいつもの顔に戻って、

「ね、千草先生、私、ちょっと急いで出かけなきゃならないんです。すぐ戻りますから、ここで待ってて下さいな」

と立って着替えを始めた。

「でも、私も診療所に戻らないと——」

「すぐです。本当にすぐ。ね、お願い」

千草が「分った」とも言わないのに、お葉はさっさと身仕度をして、急いで出かけてしまった。千草は呆(あき)れたが、もう外は真暗だ。持って来た提灯をお葉が持って行ってしまったこともあり、仕方なく、お葉の帰りを待つことにした。

そして——ほんの半刻(とき)ほど後のことだった。

台所の方でガタッと音がして、

「——お葉さん？」

と、千草は声をかけた。

しかし、お葉なら玄関から入って来よう。

千草は立ち上って、用心しながら、台所の方へと足を踏み入れた。台所へ入るのは初めてだったが、小さな土間があり、くぐり戸のような勝手口があった。

ぼんやりとロウソクの明りに照らされた中、何か動くものがある。

「誰？」

と問いかけると、低い呻き声。

ロウソクを持ってかざすと、千草は息を呑(の)んだ。——土間からの上り口に、お葉が血だらけになって倒れていたのだ。

密告

「もう手の施しようがありませんでした」

と、千草は言った。「刃物で脇腹を抉られていて、出血がひどく、お葉さんはすぐに息を引き取ってしまったんです」

「なるほど」

次郎吉は話を聞いていたが、「しかし、それでどうして千草さんが疑われるようなことに？　その女とは、ただの医者と患者ってだけのことでしょう」

「それがひどいんですよ」

と、お国が腹立たしげに、「千草先生が急いで自身番に届けたら、そのまま留めおかれて」

「どうも、誰か男を巡って私とお葉さんの二人が争っていたことにするのが、一番簡単だということのようで」

「そんないい加減な……」

「でも大谷さんが来て下さって、帰っていいということになったんです」

若い同心、大谷左門は、これまでも殺しがあると、千草に死因などを診てもらっていたから、よく分っているのだ。

しかし、何といってもまだ若い。上役に言われたら、千草を取り調べざるを得ないだろう。

「大丈夫とは思うが、良安さんから、奉行所へ話をしておいた方がいい。一旦取り調べとなったら、どんな無茶をされるか分らねえ」

千草と父の仙田良安は、方々の大名家へも治療に出向いていて、信頼されている。

しかし、奉行所の人間がそんなことまで知るわけもないし、女だというだけで手荒に扱う輩も少なくない。

「――よし」

と、次郎吉は言った。「何としても、お葉って女を殺した下手人を見付けて、千草さんへの疑いを晴らしてやる！」

「そう来なくっちゃ」

と、お国が言った。

「腰の痛いのなぞ、どこかへ行っちまった。千草さん、まずはその殺しのあった妾宅へ案内して下さい」

「いいんですか？」

「ご心配にゃ及びませんや」

と、次郎吉はニヤリと笑って、「〈甘酒屋〉の名にかけて、千草さんを守りますぜ」

「ありがとう」

千草は頭を下げた。

そこへ駆けつけて来たのが、小袖だった。

「──兄さん、どうしたの？」

と、上って来るなり、「長屋の人が、兄さんは診療所へ駕籠で運ばれたって言うから、どうしたのかと……」

「話は途中で」

と、次郎吉は立ち上ろうとして、「いてて……」

やっぱり、張り切る気持だけでは、腰は良くならなかった。


「ここ……だったのですけど……」

千草も啞然としている。

お葉が殺された妾宅は、跡形もなくなっていたのだ。

駕籠から降りて、次郎吉は、

「こいつは普通じゃねえ」

と言った。「家一軒、取り壊すにゃ何日かかかるはずだ。それが……」

「どういうことかしら？」

と、小袖も呆れている。

ここへの道で、小袖も事情を聞いていた。そこへ、

「あれ、〈甘酒屋〉じゃねえか」

と、声がして、やって来たのは顔見知りの大工の安五郎。

「ああ、安五郎さん」

「なにしてるんだ、こんな所で」

「ここにあった家……。もしかして、取り壊したのは安五郎さんか？」

「ああ。しかし大変だったよ」

と、首を振って、「突然話があって、しかも一晩できれいにしろ、って。無茶苦茶だよ」

「それは誰から……」

「ここを建てたのが、岡崎藩の藤原様に頼まれてのことだったからな。もちろん、同じ藤原様からさ。でなきゃ、そう簡単に……」

「じゃ、建てたのもあんたか」

「そうともよ」

千草が、

「とてもいい造りでしたね」

と言った。「壁の塗りなんかも、しっかりしていて」

「ありがとうございます」

と、安五郎は嬉しそうに、「家の良し悪しを分ってくれる方は少ねえんでね」

「そうか……」

次郎吉は肯いて、「確かに、建てた者に頼まなきゃ、そう急には壊せねえだろうな。だが、どうして突然そんなことになったか、藤原様はおっしゃったのかい？」

「俺も伺ってみたんだ。いくら何でも急過ぎるし、あれだけの家だ。住む人がいなくなっても、持っていて人に貸すってこともできるし、ってな」

「それで？」

「何でも、ここで人が殺されたとか。それで、こんな縁起の悪い家を一日だって持っていたくない、とおっしゃって」

「待って」

と、小袖が言った。「それは藤原様がじかにおっしゃったの？」

「やあ、小袖さんか。――俺たちにゃ、藤原様にお目にかかるなんぞ、できねえよ。お側用人の風間さんって方から伺ったんだよ」

「でも、もちろん藤原様ご自身の意向だったんでしょうね」

と、小袖は言って、「妙な話だわ」

「大変だったぜ」

と、安五郎が言った。「一晩で、なんて、人手を集めるだけでも容易じゃねえ。しかし、風間さんが、『無茶は承知だ』とおっしゃってね。手間賃をべらぼうにはずんで下さったんだ」

と、安五郎は苦笑して、

「弟分から、知ってる顔の若いのまで片っ端から叩き起こして。明け方までかかって、やっとのことで……。俺も、何か忘れたことはねえかと思って、見に来たんだ」

そうまでして……。

安五郎は跡地に残っていた道具を拾ってから帰って行った。

次郎吉は、更地になった所へ足を踏み入れると、ゆっくりと歩いてみた。

むろん、ならしてあるとはいえ、土地は掘り返したように柔らかい。

小袖も入って来て、

「兄さん。――何かわけがありそうね」

「ああ。お葉って女のことを、当ってみる必要がある」

と言いつつ、「おっと!」

急に土がくぼんでいて、危うく転びそうになる。

「大丈夫？」

「ああ。——千草さん」

と、次郎吉は呼んだ。「憶えてなさる限りで結構だが、この土地のどの辺に何があったか、教えてくれませんか」

「はあ……。何度か伺ってはいますが……。玄関がこの辺り……」

この辺が茶の間で、たぶんこっちが寝間で、と、さすがに観察眼が鋭い。

「そうか。するとこの柔らかい所は台所の辺りだな」

いくら取り壊して更地になっているとはいえ、土間や仕切りの跡は残っている。

「お葉さんが倒れていたのはその辺ですね、きっと」

と、千草が言った。

「兄さん、これは……」

「うん。おそらく床下に穴が掘ってあったんだろう。それをふさいだので、埋めた土が柔らかいし、土の色も違ってる」

「お味噌や漬物の樽をよく床下にしまっとくけど……」

「それだけかな」

と、次郎吉は首を振って、「どうも、こいつは裏に何かありそうだ」

「じゃ、お葉さんも係っていたと？」

と、千草が言った。

「それはどうかな。側用人の風間って奴に会ってみよう。安五郎がびっくりするほどの手間賃を払ったっていうんだ。よほどのわけがあったんだろうぜ」

するとそこへ、

「先生！」

と、呼ぶ声がして、診療所の下働きをしている若者が走って来た。

「あら、小太郎さん、どうしたの？」

「今……診療所へ捕手がやって来て、千草先生をお縄にすると……」

「ふざけんじゃないわよ！」

と、お国が腕まくりして、「このお国が相手だからね！」

「おい、待て」

と、次郎吉が抑えて、「千草さんがここにいることを――」

「言ってません。先生は診察に出られていると」

「そうか。しかし、なぜ突然……」

「誰かが密告したようです。千草先生がお葉さんを恨んでると。何でも、岡崎藩に診察に行ったときに会った若侍が、お葉って人と通じていて、千草先生がそのお侍に惚れて争いに……」

「馬鹿言うんじゃないわよ！」

と、お国が眉をつり上げて怒っている。

「私が言ったんじゃありませんよ」

「ともかく、診療所に迷惑はかけられないわ」

と、千草が言った。「お国ちゃん、今診ている患者さんのことは分るわね」

「待った」

と、次郎吉は言った。「一旦下手人と見たら、拷問してでも罪を白状させますぜ。行っちゃいけねえ」

「でも、次郎吉さん――」

「おい、小袖。お前の道場に船頭が一人来てたな」

「え？　ああ、拓次（たくじ）さんね。一度夜道で襲われて、それで習いに来てるわ」

「自前の船を持ってたな、確か？」

「ええ、屋形船よ。少し古いけど、まだしっかりしてる。でも、それでどうするの？」

「拓次に言って、船を売ってもらう。金は何とかする」

「次郎吉さん」

と、千草が言った。「それで逃げろと？　無理ですよ、江戸から出るなんて」

「いや、逃げるんじゃねえ。内密の患者を、奴の船で診ることにするんだ」

次郎吉の言葉は、一向に誰にも分らないようだった。

「千草先生は、今あの船に」

と、小袖が言った。

川の中ほどに浮いた屋形船は、ゆるい流れに、少しずつ行っては船頭が戻していた。

「召し捕りに来たのだ！　呼び戻せ！」

同心が捕手を従えてやって来ていた。

「それはできません」

「何だと？」

「千草先生が診ておられるのは、さる身分の高いお方。お邪魔をしたら、ただではすみません」

「何だと？　——それなら仕方ない。じき、ここへ戻るのだな」

「診療がすめば戻られます」

同心が舌打ちする。——大谷もついて来ていたが、上役の命で、どうしようもないのだろう。

「もう間もなく——」

と、小袖が言いかけたとき、

「大変だ！」

という叫び声が上った。船が燃え出したのだ。

突然、火が上った。

「危ねえ！」

船頭が水へ飛び込む。

屋形船はたちまち炎に包まれて、やがて傾き、沈んで行った。

「――どうしたのだ？」

同心が目を丸くしている。

「患者がどうかして火を放ったのでしょう。千草さんを道連れに……」

「何だと……」

同心は呆然として、水面に浮んで来た座布団や薬箱を眺めていた。


「拓次さん、悪かったわね」

と、小袖が言った。「ちゃんと船が買えるくらいのお礼はするから」

「いいんですよ」

と、拓次は濡れた体に丹前をはおって、「俺も千草先生にゃ世話になったことがある。あの人が人殺しなんてするわけがねえ。役人ってのは、どこに目をつけてやがるんだ」

小袖は、大谷が何も言わなかったものの、ホッとした表情で引きあげて行くのを見ていた。

もちろん千草は一旦あの船に乗り込んでいたが、他の船とすれ違ったとき、そっちへ素早く乗り移っていた。

その船には、当然次郎吉が乗っていたのである。

「――小袖さん」

と、お国がやって来た。

「見た?」

「はい。いい燃えっぷりでしたね」

お国らしい言い方に、小袖は笑ってしまった。

「当面、千草さんとの連絡は、お国ちゃん、よろしくね」

「承知しました!」

お国は張り切っている。

川を後にすると、小袖はじき、誰か尾けて来る者の気配に気付いた。

チラッと振り返ると、小太りな侍で、小袖はここでとっちめるのはたやすいが、尾けさせておけば、逆に手掛りになろうかと思った。

そう。――次郎吉から言われていた。

あの取り壊した妾宅について、何か普通の家と違ったところがなかったか、安五郎に話を聞くことにしていたのだ。

「兄さんの腰も、いつの間にか治ったようだわね」

と、小袖は呟いた……。

隠れる

「ちょっと窮屈だろうが、ほんのしばらくの間だ。辛抱して下せえ」

と、次郎吉は言った。

「いえ、そんな……」

千草は、荒れた寺の奥まった部屋を覗(のぞ)いて、「まあ、お布団まで」

「お国がせっせと運んだんでさ。食べるもんも、後で届けて来ますから」

「気楽でいいですけど……。でも、次郎吉さん、ご迷惑じゃないんですか」

「なあに、千草さんのためだ。少々の苦労なぞ、何でもありませんよ」

「でも……」

と、千草は不安げに、「一日ここにいなければいけないとなると、その分、何人かの患者さんを診られません」

「千草さん」

次郎吉は、こんなときでも、自分の身より病人のことを考えている千草の姿に、胸を打たれた。「少しの辛抱だ。一日でも早く、下手人を見付けて、千草さんを自由にしてさし上げますぜ」

「ありがとう」

千草は深々と頭を下げた。

「そんなこと、よしなせえ。当り前のことをしてるだけだ」

次郎吉は少し照れて、「この引き戸を閉めると、外からは壁があるようにしか見えねえ。まず見付かる心配はありません」

「分りました」

「じゃあ……。また何かあれば、知らせに来ます」

次郎吉は早口に言って、その隠し部屋を出ると、荒れ果てた寺を後にした。

——まず、当ってみなければならないのは、あの妾宅を建てた大工の安五郎だ。

もし、あの家に隠しごとがあるのなら、それを知っているはずの安五郎の身も危いだろう。

安五郎の住いのある長屋の近くまで来て、次郎吉は人だかりに気付いた。

「もしや……」

と、思わず呟く。

足取りを速めると、役人が長屋の入口に立っているのが見えた。

「──あ、〈甘酒屋〉じゃねえか」

顔見知りの大工が、長屋の方からやって来て、「安五郎さんのとこが……」

「安五郎さんがどうしたって？」

「家に押し込みが入ったってんで、大騒ぎさ。今、お役人が来てる」

「安五郎さんは無事なのか？」

「それが、ゆうべ一家で近くに湯治に行ったってよ。全く、運のいい人だ」

「そうか……。そいつは良かった」

次郎吉は安堵した。お国に文を持たせ、二、三日家中でどこかへ行ってろと伝えたのだ。

わけも言わずに無茶な言い分だったが、おそらく安五郎自身、不安を抱えていたのに違いない。だから次郎吉の言う通りにしたのだろう。

しかし、当ての外れた押し込みというだけにしては人だかりが……。

「どこか他の家にでも入ったのか」

と訊くと、

「それが、夜中に起きた婆さんが、厠へ行こうとして、引き上げるところだった押し込みに出くわしたらしい。殺されちまった」

「とばっちりか……」

次郎吉は呻くように言った。

ひでえことしやがる。たかが年寄り一人、それも暗い中だ。騒がれたくなきゃ、当て身の一つも食らわしときゃ充分だろうに。

「──おお、次郎吉さんか」

同心の大谷が、死体のそばに立っていた。

「押し込みですって？」

「うん。安五郎の宅が留守で、当てが外れたらしい。年寄りを殺して行った」

孫娘らしい女の子が、泣きじゃくっている。

次郎吉は仏に手を合わせてから死体を見た。

「──どう思う」

と、大谷が小声で訊く。

「押し込みなら短刀を使うでしょう。こいつあ刀傷だ」

「やはりそう思うか。となると、侍か浪人か……」

「安五郎の所に入ったって、大金はありやせんよ。何か他に用があったんじゃ……」

「侍が絡むと厄介だな」

と、大谷は言ってから、「医者の千草さんだが……」

「え？」

「成仏してくれるといいがな」

大谷は次郎吉が千草を助けたと察しているのだ。しかし、次郎吉も、

「あの流れに花でも手向けましょう」

と返した。

「そうしよう。誘ってくれ」

「承知しました」

次郎吉は、長屋の住人が、泣いている孫娘を家の中へ連れて行くのを見届けて、長屋を出た。


「帰ったぜ」

ガラッと戸を開けて、次郎吉は目の前に四つか五つくらいの女の子が立っているのを見て、自分が家を間違えたのかと思った。

しかし——そんなわけはねえよな。

「あ、次郎吉さん……」

女の子の後ろから出た顔を見てびっくり。

「安五郎さん！　何してんです、ここで？」

湯治に出たはずの安五郎がいるのである。しかも、台所には安五郎のおかみさんも立っている。

「小袖さんに頼んで、置いてもらってるんだ」

と、安五郎は言った。「すまねえ。忠告はありがたかったけど、一家で旅するような余裕もねえし」

「ま、俺はいいがね。——小袖の奴は？」

「出かけて行ったよ。うちの奴が、お礼に晩飯をこしらえるから」

「そうか。しかし、留守にして良かったぜ」

「何かあったのかい？」

次郎吉の話を聞いて、

「孫娘と二人暮しの婆さん？」

「そりゃ、おたかさんのことよ」

と、おかみさんが言った。「何てことでしょ」

「人を死なせねえ内に、始末をつけたかったがな」

と、次郎吉は言った。「安五郎さん、あんたは狙われてるんだ。あの、藤原様のために建てた家に、何か変ったところはなかったかい？」

「まあ……変ってるっていやあ、台所の地下蔵かな」

「広いのか」

「うん。普通の家が漬物をしまったりするのとはわけが違う。下りて行くと、二畳くらいの広さの部屋になってる」

「何に使うとか……」

「訊いちゃいけねえ雰囲気だった。何となく分るだろ？　その地下蔵に触れると、すぐ話をそらす。それを見りゃ……」

「それは藤原様のことか？　いや、例の側用人だな。風間とかって」

「うん。しかも、穴を掘ったところで、『そのままでいい』って言われて。だから地下蔵はちゃんとした部屋には仕上ってないんだ」

「そうか……」

間もなく小袖も帰って来た。

「おいしそうな佃煮、買って来たわ」

しかし、次郎吉から押し込みのことを聞くと、憤然として、

「あの側用人、とっちめてやる！」

「例の風間って奴か」

「そう。私の後を尾けて来てたの。何だかやけに焦ってる様子で、汗かいてたわ。太ってるせいもあるでしょうけど」

と、小袖は言った。

太っているせいだけではなかった。

「愚か者め！」

と、怒鳴り声が太った風間の頭上に、何度もふり注いだ。

「申し訳も……」

詫びる言葉も、最後まで言えなかった。

ですが、一夜の内に家一軒取り壊せとおっしゃったので……。心の中ではそう言いわけしたのだが、

「少しは考えろ！　大工どもに、そんな法外な手間賃を払ったら、怪しいと思われるに決っているではないか！」

藤原赤山は、正にその名の通り、顔を真赤にしていた。

「重々申し訳も……」

庭先に、荷車にひかれたカエルのように這いつくばっている風間を、赤山は更に叱りつけようとしたが、

「旦那様」

と、妻が声をかけたので、不機嫌な顔はそのままに、

「何だ？」

と振り向いた。

「あの者たちが参っておりますが」

「――分った。すぐ行く」

赤山は風間の方へ、「お前がちゃんと始末をつけろ！　いいな」

と、叩きつけるように言って、立ち去った。

「ああ……」

風間は、腰に手を添えながら、よろけそうにして立ち上った。太っているせいもあって、膝が痛い。

しかも、庭で地べたに正座していたのだから、なおさらである。

汚れた手を払いながら、

「ご気楽なものだ……」

言ってはならないと思っていても、つい口に出る。

「風間様」

と、女の声がした。

今のひとり言を聞かれたか、とヒヤリとしたが、植込みのかげから出て来たのは、若い女中のお常。

「誰だ？」

「お常か。――見ていたのか。情ない姿を」

と、風間は言って苦笑した。

お常は、「田舎の父さまによく似ていらっしゃる」と言って、風間にやさしくしてくれる。

「旦那様も、あんなに怒鳴らなくてもいいのにね」

と、お常は言った。「一昨日あたりから、ずいぶんご機嫌が悪くて。風間様に当り散らしておいでなのだわ」

「まあ、仕方ない。側用人は、それも役目だから」

「台所へ来て、お茶を一杯どうぞ。それに手が汚れておいでしょ。袴も。汚れを落としてあげます」

「すまんな……。そうのんびりしてはいられないのだが」

と言いながら、風間は促されるままに、お常の後をついて行った。

今は人気のない台所で、お常は水をくんで風間の手を洗い、濡らした手拭いで袴の汚れを拭いた。そして、戸棚を開けると、

「これ。——風間様にと思って、取っておいたの」

「饅頭ではないか！　お前はいいのか？」

と言いながら、大好物。

手はすでに饅頭をつかんでいた。お常はそんな風間をニコニコしながら眺めていた。

「——うん、旨い！　これは旨い！」

饅頭一つで、大いに幸せになる風間だった……。

助太刀

「畜生……」

さびれた寺の境内から出て来て、その男は舌打ちして呟くと、「ツイてねえや」

と、肩をすくめて歩き出した。

月夜だった。もちろん、誰しも寝入っている時刻で——。

「何だ」

と、男は足を止めた。

「吾吉だな」

浪人者らしい。どことなく剣呑な感じの男で、吾吉はちょっと用心して後ずさった。

「だったらどうだってんだ」

右手は懐へ入っている。

「賭場(とば)へ持ち込んだ金細工の品、どこで手に入れた」

と、浪人が訊く。

「てめえの知ったことか」

「そうか」

浪人が刀を抜いて斬りかかったが、吾吉は素早く飛びすさって、匕首(あいくち)を手に構えた。

「そう簡単にゃやられないぜ。どこの誰に頼まれたか知らねえが――」

言い終らない内に、浪人の投げた小柄(こづか)が吾吉の腕に突き立って、匕首を取り落とした。

「やりやがったな！」

吾吉は逃げ出そうとした。しかし、背後にもう一人が待ち構えていた。

「俺がどうしたってんだ！」

吾吉の声が震えた。

「お葉はお前の女だったな」

頭巾(ずきん)をつけた侍が言った。

「それがどうした」

「許せん」

と、ひと言、その侍の刀が吾吉を斬っていた。

「待て！」

と声がかかった。「お上の御用だ！」

侍と浪人が、素早く暗がりの中へ消える。

「——助けてくれ！」

吾吉が地面を這った。

「お葉さんも、同じ思いをしたろうぜ」

と、次郎吉は吾吉のそばへ歩み寄ると、落ちていた吾吉の匕首を拾い上げ、月明りに眺めた。

「お前は……」

「血の脂がまだ残ってるぜ。お葉さんを殺ったんだな」

「あいつは……言いつけると吐かしやがった……。山ほどあるお宝の二つ三つ、分りゃしねえのに……。おい、医者を……」

「もう無理だ。その傷じゃな。血止めをすりゃ、何日かはもつかもしれねえが」

「頼む……。死にたくねえんだ」

涙声になった吾吉を見下ろして、

「お葉さんだって死にたくなかったろうぜ」

と言った。「白状するか、自身番で」

「するよ！　白状するから……」


「やっと寝たよ」

と、安五郎が言った。「子供なりに、何だか妙だと思ってるんだな」

「安五郎さんも寝ていいわよ。私は起きてるのに慣れてるから」

「いや、世話になっといて、そんなわけにゃいかねえ」

「夜もふけたし……」

と言うと、小袖は、表の気配に気付いて、小太刀をつかんだ。

「小袖さん」

「みんなで奥へ」

と言うと、小袖は行灯の火を吹き消した。

踏み込まれては闘いにくい。

ガラッと戸を開けると、サッと浪人風の男たちが散った。三人――四人いる。

月明りだ。足下はよく見えた。

「邪魔をするな。大工の安五郎に用がある」

「こっちはあんたたちに用があるのよ」

小袖は飛ぶように動いて、一人の腕を斬ると、そのまま身を沈めてもう一人の太腿(ふともも)を斬りつけた。

四人が相手では待っていられない。一か所でも斬られたら、闘う気を失うものだ。

二人は呻いてうずくまってしまった。

「こいつ！　女と思ってあなどった」

残る二人が刀を抜くと、小袖を左右から挟んだ。

すると、いきなり、

「助太刀いたす！」

と、甲高い声がして、「ワーッ！」

と、刀を無茶苦茶に振り回しながら突っ込んで来たのは――。

「広之進さま！　危い！」

と、小袖が言った。

しかし、思いもかけない方から斬りつけられて、二人の浪人は仰天した。

「逃げろ！」

と、あわてて駆け出す。

「待ってくれ！」

斬られた二人が、よろけながら仲間の後を追って行った。

「ああ……。びっくりした！」

と、米原広之進が、大きく息をつく。

「びっくりしたのはこっちですよ」

と、小袖が呆れて、「けがしたらどうするんです？」

「いや……。先のことは考えていませんでした」

「ともかく……助太刀、ありがとうございました」

と、小袖は苦笑して、「どうしたんです、こんな夜ふけに」

同じ道場に通っている米原広之進。腕の方は今ひとつだが、小袖に惚れている。

「今日、道場で、話していたでしょう。ちょっと物騒なことになりそうだから、一緒に帰るなと」

「ええ」

「そう聞くと、心配で心配で。つい夜道を歩いている内、ここへ来てしまいました」

正直が取り柄だ。小袖はちょっと笑って、

「分りました。では中で寝ずの番をして下さいな。私、眠くて」

「かしこまりました」

広之進は嬉しそうに言った。

恩か仇か

赤山は、怒っていたときとは別人のようにやさしく、笑顔だった。

風間としては、あまりの主人の変りようにさすがに気味が悪かったのだが、それでも怒鳴られるよりはいい。

「お前の忠義にはいつも感謝しておる」

今までに聞いたこともない言葉に、風間は面食らったが、

「過ぎたお言葉でございます」

と、頭を下げた。

今日は庭の土の上でなく、ほとんど入ったことのない、赤山の私室にいる。

「お前は、わしに恩義を感じておるか？」

「もちろんでございます！」

と言うしかない。

「そうか。そうだろうな」

と、赤山は肯いて、「そのお前の真心、ありがたく思うぞ」

「恐れ入ります」

こんなことを言われたら、恐れ入るくらいしかすることはない。

「では、もうよい」

と、唐突に言われ、

「は？」

「退がってよい」

「では……」

と、出ようとすると、

「今の言葉、忘れるなよ」

と、赤山が念を押すように言った。

廊下を首をかしげつつ戻って行くと——。

「風間さん！」

と、どこかで呼ぶ声がする。

「ん？　どこだ？」

キョロキョロしていると、

「こっち！」

と、土蔵の方へ続く通路で、お常が手招きしている。

「何だ。どうしたのだ？」

ホッとしてお常の方へ行くと、

「風間さん！　あなた、切腹させられるわよ！」

お常の言葉に、風間は目を丸くして、それから笑った。

「びっくりさせないでくれ。本気にするじゃないか」

「本当のことよ！　私、立ち聞きしたの。旦那様が、『風間に腹を切らせよう』とおっしゃってるのを」

「まさか……。どうして俺が腹を切るんだ？」

「何だか、ここんとこ騒ぎになってるでしょ。私も詳しくは知らないけど、国のお殿様がじきじきにおいでになって、旦那様をお取り調べになるって噂よ」

「殿が？　――そうか」

風間はため息をついて、「いつか知れることだと思っていたが……」

「何か――いけないことをしていたの？」

「お役目の傍（かたわら）、隠居してからの遊びに使う金を蓄えておられた。お城やお屋敷に色々納めている商人たちに、注文を独り占めさせる見返りに、ご禁制の品々を受け取ったりして……」

「風間さんも、それを手伝っていたの？」

「仕方ないだろう。側用人としては、命じられたらいやとは言えない。――そうか」

風間はハッとした。

「それで……恩義か」

あの赤山の言葉は、

「大きな恩があるのだから、わしの代りに腹を切れ」

ということなのだ。

風間は一瞬ふらついた。

「風間さん！　大丈夫？」

「いや……。ありがとう、わざわざ知らせてくれて」

と、風間は言った。「どうせ俺は独り者だ。旦那様は、俺一人に罪をかぶせて済ませようというおつもりだろう」

「お側用人の風間さんに？」

「まあ、無理があるとは思うが、取り調べるに当って、当然旦那様は、あの金目の品々を藩のご重役方に贈っているに違いない。お上に言いわけできるようにしておけば、何とかなる、ということだろう」

「そんな……」

「お常。心配してくれるのか。ありがとう。しかし、俺も侍だ。腹を切れと命じられれば従うしかない」

お常は涙をためた目で、少しの間黙っていたが――。

「逃げて！」

と言った。「そんなひどい話ってないわ！　ね、風間さん、逃げてちょうだい」

「お常……」

「これ、持って来たの」

と、風呂敷包みを取り出して、広げた。「下男の作造の着古しよ。雑巾にでもしようと思って取っておいたの」

「しかし……」

「旦那様のなさりようは、ひどすぎるわ。ね、これに着替えて庭から出れば分らないわ。そんなことで死ぬなんてだめよ！」

お常の熱い言葉に、風間は打たれた。

そうだ。罪があるのは藤原赤山なのだ。その身替りに、いくら側用人とはいえ、命まで差し出せとは、あんまりだ。

「――分った」

「じゃ、逃げてくれるのね？　良かった！　こっちへ来て！」

お常は風間の手を引張って、庭へ下りると、土蔵の裏手へ連れて行った。

「早く着替えて。――その着物や大小は私が始末しておくから」

せかされて、ヨレヨレの着物に替えると、

「うん、何だか軽くて楽だな」

「呑気ね」

と、お常は笑って、「さ、そのくぐり戸から外へ出て。人目につかない内に」

と、押し出されそうになったが――。

「しかし、お常、もしこんなことが知れたら、お前がお咎(とが)めを受けるぞ」

と、風間は言った。

「私はいいの」

「いや、そうはいくまい」

「いいえ。私が死んでも誰も困らない。もともと私は口減らしのために家を出されたのだもの。お手討になっても、泣いてくれる人はいない」

あまりにあっさりと言われたので、風間は唖然としてしまった。

そして、いつの間にか、くぐり戸から表へ押し出されてしまったのだ。

少し歩いて振り返ると、

「誰も泣いてくれない、か……」

と呟いた。

それは風間だって同じことだ。それなのに俺はこうして身なりまで替えて逃げようとしている。お常がそのせいで手討になるかもしれないというのに。

「だめだ」

と、風間は首を振って、「自分一人助かろうなどと……」

「行きな」

と、声がした。

「誰だ?」

周囲を見回したが、誰もいない。――空耳かと思うと、

「聞いてたぜ、話は」

と、頭上で声がした。

「誰だ?」

「〈鼠〉っていやあ知ってるだろう」

木の上から声がした。

「何、あの〈鼠〉か。しかし――」

「今、あんたが戻ったら、あの女中の気持がむだになる」

「そんな……。しかし、武士として、逃げ出すのはやはり――」

「逃げるだけじゃなくて、あのお葉さんの妾宅に金目の物を隠していたことを、大っぴらにすればいい。世間の噂になりゃ、赤山さんも知らん顔はできまいよ」

「主人を裏切れと？」

「その主人の方が、先にあんたや民百姓を裏切ったんだ。大工一家も殺そうとして、出くわしたおたかさんって婆さんが死んだ。これ以上、無駄な死人は出さねえがいいぜ」

「そうか……」

風間はそう言って、「お前はどうしてそんなことを知ってるんだ？」と問いかけたが、もう返事はなかった。

風間は、夢からさめたかのように、周囲を見回し、呟いた。

「お常……」

「やあ、千草さん、ちゃんと足がありますな」

と、大谷が言った。

「おかげさまで」

千草は、もう診療所での忙しい日々に戻っていた。

お葉を殺したことを、遊び人でお葉の情人だった吾吉が自身番で白状した。そして次郎吉が血止めをしたまま診療所へ運んだが、その途中で息が絶えたのだった。

千草は、何ごともなかったかのように、隠れ場所から戻って、あえて次郎吉に礼を言うでもなかった。

「――次郎吉さん、腰はいかが？」

千草が、診療所へやって来た次郎吉を見て訊いた。

「もうほとんど。――やっぱり心配ごとがあると、人間治るもんだね」

「まあ。オランダ医学でも、そうは習わなかったわ」

と、千草が笑った。

「そうそう。千草さんにゃ、その笑顔が似合いますぜ」

藤原赤山は「わけあって」国元の山奥に蟄居（ちっきょ）させられることになったと聞いた。

あの側用人は、赤山について、細かな不正まで上申し、同罪ではあったが、江戸所払いになった。その旅に若い女中が付いて行ったとかどうとか……。

「――兄さんはまだ当分隠居できないわね」

と、小袖が道場の帰り道に言った。

「ああ。拓次の船の分は稼がねえと」

「お葉さんのお弔いもしてあげなきゃ」

「俺が？」

「赤山はそれどころじゃないでしょ」

お葉の妾宅の地下蔵に金目の品が隠してあることを知った吾吉が、しばしばそれを持ち出していたのだ。

赤山に気付かれそうになって、怖くなったお葉は、吾吉と手を切ろうとして殺されたのだった。

「そうだな。お葉も可哀そうな奴だった」

と、次郎吉が肯く。

「そう。――いつも泣くのは女よ」

と言った小袖を、次郎吉は何か言いたげに見たが、何も言わなかった。

鼠、獣の眼を見る

燃える眼

せかせかと砂利を踏む二組の足音だけが、暗い神社の境内に響いていた。

「ごめんね、小袖ちゃん」

と言ったのは五月（さつき）。

「いいんですよ」

と、小袖は提灯（ちょうちん）を手に先に立って、「小さな子供じゃなし、夜道が怖いってことはありません」

その実、五月も心配はしていなかった。

何しろ五月の父の道場で、並居る男の弟子たちの誰一人、小袖にかなう者はない。

若くして道場の師範代の一人だ。

たとえ強盗に出遭っても、運が悪いのは強盗の方、ということになるだろう。

「それより、遅くなった言いわけに、私を使わないで下さいね」

と、小袖に言われて、

「あ、分っちゃったか」

と、五月はちょっと肩をすくめた。

父親の道場主から、娘の用心棒を頼まれた小袖。しっかり礼金をもらうことになっているが、五月は幼なじみの娘たちの集まりで少々酒が過ぎて、出るのが遅くなった
——ということになっている。

本当は酒席に加わった若侍の一人と、すっかり話し込んでしまったのだ。もちろん、父親には内緒だが——。

「五月さん、出がけにこっそりあの若侍の袖口(そでぐち)に何か投げ込んだでしょ」

と、小袖は言った。

「え、そんなことまで見てたの？」

「人の恋路に口は挟みませんけど、あんまり深みにはまらない方が……」

「そんな！　そんなことしないわよ！」

と、五月はむきになって言った。

小袖はちょっと笑って、

「ようございます。今夜のことは内緒に」

「お願いよ！　ねえ、ちょっとお茶を飲もうって話しただけだもの」

小袖が突然足を止めた。五月が面食らって、

「どうしたの？」

動くものがある。

提灯を持ち上げて、夜の闇をすかして見ると、黒い茂みの中にガサッと音をたてて
「誰かいるの？」

五月は小袖の後ろに隠れた。

「動かないで下さい」

闇の奥に、二つの眼が光った。——血のような赤い眼だ。

濃い灰色の姿がスッと現われる。

「狼だわ……」

五月は目をみはって、「ね、逃げましょう！」

「逃げたら襲われます」

と、小袖は言った。「じっとして。動かないで下さい」

背中へ手を回し、帯の間から小太刀を抜く。

しかし、狼の方もこっちを怖がっているはずだ。闘わずにすめば、それでいい。

大きく見せる。——狼に、相手が自分より大きいと思わせるのだ。

小袖は右手に小太刀を、左手に提灯を持ったまま、両手を一杯に広げた。

ウー……。低い唸(うな)り声が腹に伝わる。

「向うへ行け！」

と、小袖は大声で言った。「さあ！　早く行け！」

だが、狼は全身を緊張させて、四肢を踏んばった。低く身構える。

襲って来たら、斬るか突くしかない。あの爪や牙(きば)で負傷するかもしれないが、やむを得ない。五月を守らなくてはならないのだ。

そのとき──ピーッと笛の音がした。

どこで吹いたのか、よく分らない響きだった。しかし、その音を聞くと、狼はサッと攻撃の姿勢を解いて、素早く駆け出すと、たちまち闇の中へ消えた。

──小袖は息をついて、

「もう大丈夫。──争いにならなくて良かった。五月さん……」

振り向いて、小袖は面食らった。五月は腰を抜かして砂利の上に座り込んでいたのである。

「狼に？」

と、次郎吉が言った。

「ええ。眼が燃えるように真赤だった」

と、小袖がお茶漬を食べながら言った。

「何だ、本物の狼か」

「じゃ、何だと思ったの？」

「男につけ狙われたのかと思ってさ」

「そんな……。本物の狼よ。獣のね」

「ま、お前にゃ男どもの狼の方は寄ってこないだろうけどな」

「寄って来たって、叩き(たた)のめしてやるわ」

次郎吉はため息をついて、

「色気のねえ奴だな、相変らず」

「でも、あの狼、ちょっと普通と違ってたわ」

「何が？」

「あの眼の色も。体も並の狼より大きかった。襲いかかられてたら、私も大けがしてたかもしれない」

「夜中に出歩かねえこった」

「兄さんがそう言うの？」

と小袖は言った。「鼠じゃ、狼に食べられそうね。もし出遭ったら、早々に屋根の上にでも逃げるのね」

「ああ。物騒な相手には、逃げるが勝ちさ」

「それに——あの狼、笛の音で、すぐ姿を消した。誰かが飼いならしてるのかもしれないわ」

「狼を？　容易なことじゃねえだろう」

「でも、たぶん、あれは……」

「狼に何させようってんだ？」

「分らないわよ、もちろん。狼に訊いてみる暇がなかったからね」

小袖はそう言って、空になった茶碗を置いた。


それから数日後、仕事を終えた——ということは、大名屋敷からいただいた数百両の小判を懐に、屋根の上を軽々と渡っていた次郎吉は、夜中に急ぐ駕籠を目にして、足を止めた。

先に立って、ハアハア息を切らしながら提灯を手に走っている顔に見憶えがあったからだ。

「あいつ、どこぞの金貸しの手代じゃねえか」

と、次郎吉は呟いた。

そのあくどい取り立てが、瓦版で評判になったのは、金が返せなかった病気の亭主と、その女房子供を、容赦なく寒空の下へ放り出し、親子は一家心中して果てたという哀れな話だった。

しかし、金貸しの方は蚊に刺されたほども感じていないようで、

「返さねえ奴が悪いんだ」

と、うそぶいていたという。

あの若い手代が、飲み屋で酔って、主人の悪口を言い散らしているところに、次郎吉は居合せたことがあったのだ。

あいつ……何てったかな。そうそう、弥太八といったな、確か。

屋根の上から見下ろしていると、駕籠が停って、中から何か言いつける声がした。

「ですが、旦那――」

と、手代が息を弾ませながら言いかけたときだった。

何か黒いものが道を駆けて来ると、手代の提灯を叩き落とした。

「ワッ！」

と、叫び声が上る。

続いて、駕籠に提げた提灯もパッと燃え上り、その一瞬の明りの中に浮び上ったのは、濃い灰色の狼だった。

「ワーッ！」

と、駕籠屋が二人とも駆け出す。

手代の弥太八は、提灯が燃えて、狼の姿を目にすると、腰を抜かしたのか、這うようにして逃げ出した。

「何だ!」

と、怒鳴る声がしたが——。

次の瞬間、狼が駕籠の中へと突っ込んでいた。

「誰か——」

と言うのも言葉になるかならず、駕籠から転り出た金貸しの上に、がっしりとのしかかった狼が、その喉笛にかみついていた。

あれか！ 次郎吉も目をみはった。

小袖が出くわしたというのは、あれに違いあるまい。確かに屋根の上から見下ろしても、並の狼より一回り大きく見えた。

提灯はアッという間に燃え尽きる。しかし、そのわずかの間に、かみ裂かれた喉から真赤な血がふき出すのが見えた。

一瞬で絶命していよう。

すると、狼がパッと頭を上げ、

「ウォーッ」

と、何里四方にも響き渡るような声で咆えた。

そして、その声にかぶさるように、鋭い笛の音がした。狼はすぐに黙ると、暗い路地の奥へと駆け込んで、見えなくなってしまった。

恐ろしい獣だな、と次郎吉は思った。

立ち去ろうとしたとき、分厚い雲に隠れていた月が、一瞬顔を覗かせた。そして——道の反対側の屋根の上に立つ人影が、束の間照らし出された。

それは、次郎吉と似た黒い着物に身を包んだ——女だった。

顔を見分けるには、距離があり過ぎ、また月明りもアッという間に失われたが、その体つきで、女だということは明らかだった。

そして、相手もまた、次郎吉の姿を目にしていたことも、間違いなかったのである。

知らぬが仏の

小袖の鋭い突きが、門弟の胸を捉えて、相手は尻もちをついてしまった。

「参った!」

と、床に這いつくばったのは、いつもこの道場で小袖にやられている、米原広之進である。

「今日はこれまで」

小袖は面を外し、息をつくと、「いつも言っているではありませんか。突かれても揺がないくらい、しっかり足を踏んばりなさいと」

「いや、面目ない」

広之進はすっかり汗をかいていた。

――稽古着を着替えて、小袖が道場を出ようとすると、広之進が忠犬よろしく玄関で待っていた。

「いいのですか、広之進様」

と、小袖は冷やかすように、「大事なお方がどこぞでお待ちなのでは？」

「よして下さい」

と、広之進は渋い顔になって、「一度二度会ったことがあるというだけで、ろくに口も利いていません」

一緒に歩き出しながら、小袖はつい笑いを洩らした。

広之進がむきになっているのは、つい先日、広之進のもとへ婿養子の話が持ち上ったせいで、旗本の次男坊としては、兄が家督を継ぐ以上、それなりの家へ養子に入ることを、親としては当然考えただろう。

しかし、広之進は、口には出さねど、小袖に惚れている。

小袖も、至って純情なこの坊っちゃんの思いに、悪い気はしないでいるものの、何といっても、天下に知られた盗人を兄に持つ身では、広之進の気持を受け止めるわけにもいかない。

まだ若い広之進だが、いずれどこかの格式高い家に入ることになるだろうと……。それが広之進のためでもあると思っていた。

「——今日も、道場ではもちきりでしたね」

と、広之進が言った。「小袖さんが追い払ったという狼のことで」

「追い払ってなんかいませんよ」

と、小袖は苦笑した。

帰りが遅くなった五月が、父親に叱られるより早く、

「凄い狼に襲われそうになったの！」

と訴えて、

「無事で良かった！」

と、うまくごまかした。

ついでに、

「小袖ちゃんのおかげよ！　小袖ちゃんが、こう両手を広げて、『逃げぬと斬り捨てるぞ！』と怒鳴ったら、狼もアッという間に逃げちゃったの！」

と、大げさに尾ひれを付けて話したものだから、

「いや、ありがとう！」

と、道場主、中野玄哲から感謝されたあげく、礼金も、約束の倍もらってしまったのだ……。

「でも、あの狼でしょうね。例の金貸しをかみ殺したのは」

評判の良くない金貸しだったが、殺され方の無残さに、瓦版では大騒ぎ。

〈山のように大きな狼が、喉笛を食いちぎった！〉

と、手代の話を大げさに書き立てていた。

小袖はむろん兄から話を聞いていたが、明らかに狙う相手を、これと定めて襲っていることが気になった。

あの笛を吹いていたという女が、狼を飼いならして使っているのだとすると、これは明らかに「人殺し」である。

「怖いですねえ」

と、広之進はのんびりと、「いくら大江戸といっても、夜になれば狼がうろつき回っているのかと思うと……」

もちろん、人出のあるにぎやかな辺りは別として、夜になれば、江戸市中もほとんど闇の世界。周囲の森や山から狼がやって来てもふしぎではない。しかし、狼の方も

人間を警戒しているわけで、通行人が襲われるということはめったになかった。

「でも、やられたのは、何だか性質(たち)の悪い金貸しだったそうじゃないですか」

と、広之進が言った。「世間じゃ、あれは天罰だと噂してますよ」

狼にかみ殺されたのは、皮肉をこめて〈仏(ほとけ)の権三(ごんざ)〉と呼ばれていた金貸しで、普通〈仏の〉とつけば、「信心深い」とか、「慈悲深い」という意味だろう。

しかし、権三の場合は、「厳しい取り立てで、首を吊(つ)る者が大勢いる」ので、「仏をふやす」意味だと言われている。

いずれにしても、これが誰かの企(たくら)んだ犯行だとすると、これだけでは終らないかもしれない、と小袖は思った。

そこへ、

「広之進様！」

と呼ぶ声がした。

「あ。――しまった！」

と、広之進が舌打ちする。

駆けて来たのは、広之進の屋敷の下男で、もう五十近くになろうか、広之進を赤ん坊のころからお守(も)りして来た、辰七(たつしち)という、小袖もよく知っている男。

「あら、辰七さん」

と、小袖が言った。「広之進様にご用？」

「いや、大したことじゃないのです」

と、広之進は言ったが、

「何をおっしゃいます！　今日は杉花様と芝居見物とのお約束じゃございません
か！」

と、辰七に言い返される。

「まあ、楽しそうですね」

と、小袖が微笑んで、「杉花さんとおっしゃるの？　広之進様にはいくらお訊きし
ても、さっぱり教えて下さらないので」

「坊っちゃんは照れ屋でございますからね」

と、辰七が言った。

「そんな……。向うが勝手に芝居の席を取ったと言って来て……」

「お待ちになってますよ、きっと。早くおいでなさいな」

と、たしなめる小袖をうらめしそうに眺めると、広之進は、

「では……また明日」

と会釈して、辰七にせかされながら、「分ってるよ！」

と、ふくれっつらをして道を急いで行った。

あれに違いない……。

夜の暗がりの中、駕籠の前で揺れる提灯の紋所を見てとるのは容易ではなかった。

しかし、娘はその紋を見慣れていたし、いつも同じ駕籠を使っているので、駕籠かきの顔を何となく憶えてもいたのである。

駕籠はのんびりとやって来た。中の客が腰を痛めているので、ゆっくりやるよう言いつかっていたのだ。

そのおかげで駕籠について歩いている若侍も、普通に歩くより少し速いくらいの足取りで、遅れずに済んだのである。

あの若侍の顔はよく分らないが、大方最近取り立てられたのだろう。

それはともかく、提灯を揺らしながら、駕籠は娘の待つ橋へと近付いて来た。

今だ！

ころあいを見はからって、娘は橋の真中辺りへ駆けて行くと、わざと音をたてて下駄を脱ぎ捨て、欄干からぐっと身を乗り出したと思うと、次の瞬間、川へと身を躍らせていた。

夜の静けさの中、ザバッという水音が響いた。

「――待て」

と、駕籠の中から声がして、橋へ二、三歩入ったところで停めると、「何だ、今の音は？」

「は……」

若侍が少し身をかがめて、「何やら身投げのようでございます」

「身投げだと？」

「はあ、暗いことで、はっきりとは見えませんでしたが」

「酔っ払いが落ちたのか」

「いえ、見たところ、若い娘のようで」

「若い娘だと？」

「顔を見たわけではありませんが」

「放っておく奴があるか！　早く飛び込んで助けてやらんか」

「いや、しかし……」

と、若侍は口ごもって、「実は私は泳げません」

「情ない奴だ！　おい、駕籠かき！」

と、声をかけ、「どっちでもいい。飛び込んだ娘を助けたら、小判一両だ！」

そのひと言が大いに効いた。

二人の駕籠かきは同時に駕籠を下ろすと、欄干へと駆け出したのである。――駕籠

は、結果として、ドスンと橋の上に下ろされることになり、ただでさえ腰を痛めていた客は、

「ウッ！」

と、呻き声を上げるはめになったのだが、自分が言ったひと言のせいでこうなったのでは、文句も言えない。

ともかく、二人の駕籠かきは、競うように川へ身を躍らせていたのである。

小判一両の効き目は大したもので、身を投げた娘は、間もなく濡れた体を橋の上に横たえることになったのだった。

待っている間に駕籠から出て来たのは、髪の大分白くなった侍で、

「――どうした。息があるか」

と訊いた。

「気を失っちゃいますが、たぶん生きてると思いますぜ」

「水を吐かせるのだ。できんのか」

「私はどうも……」

と、お付きの若侍は頭をかくばかり。

するとそこへ、

「どうなさいました？」

と、声をかけて来た女。

提灯の明りに侍の顔を見分けて、

「畑山様ではございませんか」

「おお。そなたは診療所の——」

「仙田千草でございます。その娘さんは……」

「うむ。身を投げたのを、引き上げたのだが」

「まあ。ではお任せを」

千草は、ついて来ていたお国へ、手にしていた包みを渡そうとしたが、思い直して
「お国ちゃん。あの娘さんの水を吐かせてあげて」

と言った。

「え?」

「できるわよ。——さ、薬箱を持ってるから」

「はい!」

お国が素早くその娘へと歩み寄る。そして、

「千草先生、この人、〈仏の権三〉の娘の寿賀さんですよ」

と言った。

「本当か……」

畑山信近は旗本だが、暮し向きは楽ではなく、「――なるほど、見憶えがある」

〈仏の権三〉に金を借りたことがあったのである。その折、娘のことも見知っていた。

「畑山様。腰はいかがですか」

と、千草が訊いた。

ひどい腰痛で動けなくなり、千草と父の仙田良安が何度か診に行っていた。

「ありがとう。痛みはあるが、何とか所用のあるときは、こうして出られるようになった」

「それは何より。――お国ちゃん、どう？」

「大丈夫です。そんなに水を飲んでないですよ」

そのとき、娘が咳込んで、苦しげに息をついた。

「やあ、良かった！」

と、駕籠かきたちが嬉しそうに、「旦那、お約束ですぜ」

「分った、分った」

畑山信近は懐から財布を取り出し、「二人で飛び込めとは言っとらんぞ。――ほれ、一両だ。二人で分けろ」

「こいつはどうも」

「その代り、その娘を屋敷まで――。おい、お前がおぶって行け」

言われた若侍は、

「はい。——あの、私も濡れてしまいますが」

その情ない顔に、千草はつい笑ってしまった。

遠吠え

「次郎吉さんじゃねえか」

もう舌がもつれている。「そうだろ？——あれ？　別人かい？」

「次郎吉だよ」

と、苦笑して、「どうしたってんだ、そこまで酔って」

「酔いたくもならあね」

〈仏の権三〉の手代だった弥太八である。

「まあ、主人があんな風に殺されちゃ、やけにもなろうがな」

居酒屋で、次郎吉は一人、飲んでいた。

「だけどよ……世間じゃ、いい気味だって言ってる。そりゃ、あの旦那は取り立てにゃ厳しかったさ。だけど、人を殺したわけでもねえのに、あんな言われようはねえだろ？　おまけに、俺まで『金をため込んでやがるだろう』って散々言われて……。冗談じゃねえ。あのケチな旦那が、余分な給金なんぞビタ一文出すもんか」

「気の毒だったな。——これから、弥太八、お前、どうするんだ？」

「まあ……どこかで働くしかねえよ。旦那のためてた金は、どこにあるか分らねえと来てるし」

「家捜ししたそうだな」

「ああ。畳も上げて、天井裏もクモの巣を払いながら調べたよ。だけど、小判一枚出て来ねえ」

瓦版であれだけ騒がれたのだ。物好きな江戸っ子が何十人もやって来て、権三の家を隅から隅まで捜し回ったという話だった。

「権三さんにゃ娘がいたろ？」

「ああ、遅くできた娘で、えらく可愛がってたよ。寿賀っていって……十六だったかな」

「その寿賀さんって子も知らねえのか」

「そうらしい。隠しておけるような、気のきいた娘じゃねえんだ」

そうかね。——次郎吉は、お国から、川へ身を投げた寿賀が、助けられて、旗本の畑山信近の屋敷へ運ばれたことを聞いていた。

「おかみさんは？」

「寿賀さんを産んだときに死んじまったって話だ」

と、弥太八は言った。「もちろん、俺は会ったこともねえけどな」

「なるほど。――おい、これ以上は体に毒だぜ」

お国は、寿賀という娘が、畑山信近の通りかかるのを待って、川へ飛び込んだのではないかと言っていた。

「ほとんど水も飲んでなかったし、手当する前から息を吹き返してたんだと思いますよ」

と、お国は言った。

「――もう行くよ」

と、弥太八はフラつきながら立ち上ると、「おい、ここに置くぜ」

どう見ても飲み代には不足だったが、次郎吉は店の主に、「いいから」と言うように肯いてみせた。

しかし――お国の言う通りだとすると、寿賀という娘、畑山信近の屋敷に運ばれるのを狙っていたのではないか。診療帰りの千草たちが通りかかることまでは知らなかっただろうが。

それから半月、次郎吉の耳にも、寿賀という娘が、畑山信近の側女になっているらしいという噂が届いていた。

何が目当てだったのか。父親を殺されて、困ったあげく顔を見知っていた畑山の懐にうまく入りこもうとしたのか。

それだけでもないのでは……。

弥太八も言ったように、権三はあれだけの商売をしていたのだ。確かにかなりの金を蓄えていただろう。

それを知っている者がいるとすれば、寿賀の他にはあるまい。

「――置くぜ」

弥太八の足りない分も一緒に置いて、

「こりゃどうも」

という主人の声を背に夜道へ出ると、

「ウォーン……」

という遠吠（とおぼ）えが次郎吉の耳を打った。

あれは――いつぞやの狼の声ではないか。

そして、闇を貫いて、

「助けてくれ！」

という悲鳴が聞こえた。

弥太八だ。――次郎吉は声のした方へと駆け出した。

暗い道の先に、地面に横たわった人影と、その上にのしかかる灰色の輪郭が見てとれた。

次郎吉が匕首（あいくち）を抜くと、同時に鋭い笛の音がして、獣が素早く離れる。

次郎吉はその灰色の影へと匕首を投げたが、獣の動きは速かった。

匕首をかすめるようによけると、その姿は宙を飛んで、傍の木の幹を蹴（け）って、闇の中に消えてしまった。

駆け寄った次郎吉は匕首を拾うと、喉をかみ切られて、すでに息の絶えた弥太八を見下ろした。

こんな奴をどうして……。

ふと見上げた次郎吉の目に、寺を囲む塀の上に立つあの女の影が一瞬見えたが、それはすぐに塀の向うへ消えてしまった。

恐怖

「ワーッ！」

と、凄い叫び声を上げながら、男がそば屋の戸を開けて転り込んで来た。

居合せた客はみんなびっくりして、思わず腰を浮かした。

「何だ、善吉（ぜんきち）じゃねえか」

と、次郎吉は言った。「どうしたってんだ？」

たまに賭場（とば）で顔を見る男だ。地面に這いつくばって、

「今……今……そこに……あれが……」

口が回らない。

「おい、しっかりしろ！　そこに、何だって？」

「あいつだ！　あの――人食い狼だ！」

と喘（あえ）ぎながら言う。

「狼？　どこに？」

「追いかけて来やがるんだ！　助けてくれ！」

「待てよ、どこにいるって？」

声が上ずって、震えている。

そば屋の中は、みんな総立ちになって、今にも逃げ出しそう。

すると――。

「キャン、キャン！」

と吠えながら、一尺足らずのぶちの犬が駆けて来たのだ。

「おい、善吉、それが人食い狼か？」

と、次郎吉が呆れて言うと、

「え？　――あれ、おかしいな」

と、善吉はハアハア言いながら、「確かに、でかい狼に見えたんだけど……」

「この犬に恨まれるようなこと、したんじゃねえのか？」

「いや……。ちょいと蹴飛ばしてやったけどな……」

「そりゃ怒って追いかけて来るさ」

と、次郎吉は笑った。「おい、このワン公に、かまぼこのひと切れでもやってくれ」

そば屋の中は、

「びっくりさせやがって！」

「全くよ。つゆがこぼれちまったぜ」

と、口々に文句を言い合っている。

「畜生！」

善吉は泥を払うと、「おい、おやじ！　そばをくれ！」

――次郎吉は奥の方へ戻ると、

「大変な騒ぎだな」

と言った。

妹の小袖と二人、そばを食べているところだ。

「江戸中に狼が溢れてるわ」

と小袖が言った。「瓦版のせいね」

金貸しの権三に続いて、手代の弥太八まで狼に喉笛をかみ裂かれて殺されたとあって、どこの瓦版も〈大江戸に巨大狼現る！〉と書き立てた。

権三と、その手代が殺されたのだから、狼が誰かれかまわず人を襲っているわけではないのだが、一旦「人食い狼」などと呼ばれると、口から口へ、大騒ぎになってしまっている。

夜道はさっぱり人が通らなくて、屋台が困る始末。

「でも妙よね」

と、小袖が言った。「金貸しと手代。そんな人を殺して何になる？」

「うん……。俺に訊かれてもな」

次郎吉が肩をすくめる。

そこへ、

「今晩は」

と、戸をガラッと開けて入って来たのは、お国だった。

「何だ、お国、どうした？」

と、次郎吉が訊くと、

「千草先生が、ちょっとご用ですって」

「診療所か？」

「いえ、畑山様のお屋敷です」

「そうか。小袖、行くか？」

「そうね。兄さん一人じゃ、狼が怖いでしょ？」

小袖は、「お代、置きますよ」

と立ち上った。


「まあ、わざわざすみませんね」

畑山信近の屋敷の玄関へ出て来たのは、すっかり髪の白くなった初老の女で、

「これは奥方様」

と、次郎吉は言った。

「よして下さいな」

と、畑山信近の妻、康代は苦笑して、「今さら旗本の奥方だと気取ったところで、仕方ありません。どうぞお上り下さい」

康代はもともと町人の娘で、ここへ後添えで入った。次郎吉たちとも顔見知りだ。

「どうぞこちらへ」

康代は、奥の部屋へ次郎吉たちを通した。

「すぐにお茶を――」

と言いかける康代に、お国が、

「私、やりますよ。お話しなさってて下さい」

「まあ、ごめんなさいね」

康代は座布団をすすめて、「千草先生は今、夫を診て下さっています」

と言った。

「腰の具合でも、また？」

と、次郎吉が訊くと、

「いえ、それが……。何だか困ったことになっているのです」

と、康代は深々とため息をついた。

「とおっしゃいますと……。あの金貸しの娘のことですか」

「ご存じで。――そうですね、千草先生たちが通りかかられたのですものね、あの娘が川へ飛び込んだとき」

「寿賀さんといいましたね」

と、小袖が言った。「まだ十六とか……」

「そうなのですが、夫はすっかりあの子に夢中になってしまって……」

「――申し訳ございません」

と、襖を開けて入って来たのは、若侍で、「私が居合せながら、何ともお役に立てず」

「金山沢治郎といって、夫の遠縁に当る者です」

と、康代が言った。「こんな貧乏旗本の家に、よく辛抱していてくれます」

「とんでもない。奥方様にはお世話になってばかりで……」

どうやら、旗本といっても、この屋敷にいる侍はこの若い金山沢治郎一人だけらしい。

立身出世して役に就かなければ、旗本といっても貧乏暮しだ。無役の旗本は、使用人さえ置けずに、奥方が内職までするという。

この康代も、おそらく何か手内職をしていよう。そういう疲れが、老けた顔に出ている、と次郎吉は思った。

「でも――」

と、小袖が言った。「こう申しては何ですけど、畑山様ぐらいのお年の方で、若い娘にのめり込む方は珍しくないのではありませんか?」

「ええ、私も、それだけのことなら……。もちろん、うちの台所にとっては大変ですが、そう心配しないのです。でも、あの寿賀という子のことは……」

と言いかけたとき、

「まあ、いらしてたんですね」

と、千草が部屋へ入って来た。

「千草さん、畑山様はどんな具合ですの？」

と、小袖が訊いた。

「それがね……」

と、千草がちょっと眉をひそめて、「病と言っていいのかどうか……」


提灯の明りの中に、フッと白い姿が浮んで、目明しの広三はギョッとした。

「誰だ？」

と、声を張ったつもりだが、震えていた。

振り向く姿を見て、

「――何だ、女か」

町娘の様子だが、「こんな夜ふけに、提灯も持たねえで、どこへ行くんだ」

と、広三は訊いた。

娘は冷ややかに目明しを見て、

「どこへ行こうと、私の勝手でしょう」

と言ったのである。

「おい、生意気言いやがって！　今、江戸は人食い狼で大変なんだ。夜道に女一人で物騒だから、心配してやったんじゃねえか」

と、広三はムッとして言った。

「お気づかいはご無用です」

と、娘は言った。「それよりご自分が用心なさいませ」

「何だと？　てめえ……。おい、一緒に来い！　怪しい奴だ」

「ご遠慮いたします」

と、娘は会釈して、「では、これで」

スタスタと行きかける。広三は、

「おい！　待て！　——待ちやがれ！」

と、あわてて後を追った。「おい！　この十手が目に入らねえのか！」

と、十手を振りかざした。

娘がハッと振り返ると、

「十手をしまって！」

と言った。

「何だと？」

「早く、その十手をしまって下さい！」

「十手がどうしたってんだ？」

そのとき、広三は、背後に、低く唸る「ウー……」という声を聞いた。腹の底に響くような声だ。

振り返った広三は、そこに赤く眼の光った灰色の狼を見て、呆然(ぼうぜん)とした。

これは……何だ？　幻か？

よりによって……。この俺が出くわすなんて……。

「だめ！」

と、娘が叫ぶのと、狼が地を蹴って広三めがけて宙を飛ぶのと同時だった。

縁

目明しがやられた。

その事実は、江戸をさらに恐怖に陥れた。

しかし、次郎吉は、

「ありゃ、たまたまだろう」

と察していた。「目明しがどこを回ってるかなんて、誰だって知らねえだろうからな」

「兄さんの言った、〈女〉ってのが、誰なのかね」

小袖は軽くお茶漬で昼をすませると、「じゃ、道場に行ってくるわ」

「帰りが遅くなるようなら、迎えに行くぜ」

「珍しいこと言って」

と、小袖は笑って、「広之進様が心配して送って下さるわよ」

「却(かえ)って心配だろ、あの坊っちゃんじゃ」

——米原広之進に縁談があって、色々もめていることは、次郎吉も聞いていた。

小袖の後、少しして次郎吉は長屋を出ると、仙田良安の診療所へ出かけて行った。

「——まあ、次郎吉さん」

千草が、ちょうどひと息ついているところで、「ゆうべはまた……」

「ええ、可哀そうなことで」

と、次郎吉は上ると、「あの後、畑山様からは何か？」

「いえ、特に何も」

と、千草は首を振って、「お国ちゃん、今朝がた出かけて行きましたけど。次郎吉さんのご用とか……」

「いや、手の空いたときで、と言ったんですがね。仕事の邪魔をしちゃすまねえ」

「大丈夫ですよ。お国ちゃんは、もうすっかりこの診療所を切り盛りしてますわ」

と、千草は微笑んで、「さ、お茶でも」

出されたお茶を飲みながら、

「ゆうべの畑山様は妙でしたね」

と、次郎吉は言った。

「確かに」

と、千草は肯いて、「まるで何かに取りつかれているみたいでした。医者の私が、こんなことを言っちゃいけないですね」

「いや、しかし本当のことですよ」

——次郎吉は、康代に頼まれて畑山に会ったのだが、畑山は布団に半身起こしたまま、次郎吉のこともなかなか分らなかった。

「そうか。お前か……」

やっと見分けたものの、「何の用で来たのだ?」

次郎吉は、康代から「夫が次郎吉さんに会いたがっている」と聞いていたのだ。

「いえ、ここんとこ、お加減がよろしくねえと伺いましたんで、ちょっと寄らせていただいたんでさ」

「そうか……。心配かけてすまんな。そうそう」

と、何か思い出したように、「次郎吉に頼めば心強い。聞いてくれるか」

「何でございましょう？」

「この娘のことだ」

行灯(あんどん)の明りがあまり届いていない、部屋の隅の方に、寝衣(ねまき)の着崩れた寿賀が小さくなっていた。

「どうなすったんで？」

と、次郎吉は訊いた。

「いや、この娘は怯(おび)えておるのだ」

「怯えて？　もしかして、例の狼のことをですか？」

「それだけではない」

「とおっしゃいますと？」

「訊いても何も言わん。ただ、わしにしがみついて来るだけなのだ」

次郎吉について来ていた小袖が、寿賀の方へ向くと、

「ね、寿賀さん。もし男の方の前では言いにくいことがあれば、私、話を聞くけど」

と言った。「もちろん、無理にとは言わないわ」

寿賀は、暗い眼差(まなざ)しを小袖の方へ向けると、

「誰に話したってむだよ」

と、低い声で言った。「誰も私のことを守れやしないんだわ」

「この調子だ」

と、畑山がため息をついて、「わしも腰を痛めているからな。若い娘にせがまれても、そうは応えられん」

「そんなことないじゃない」

と、寿賀が急にポツリとんでもないことを言ったので、次郎吉たちはちょっと笑ってしまった。

「――いいでしょう」

と、小袖が言った。「このお屋敷から出なければ、危いことはないでしょう。何か話してくれる気になったら、いつでも使いをよこしてちょうだいな」

そして、廊下で苦々しい顔をしている康代の方を見て、

「康代様が、私の道場の場所もご存じだから。――いいわね」

寿賀が小さく肯いた。


「それで、次郎吉さん」

と、千草が言った。「お国ちゃんに、何を調べろとおっしゃったんですか？」

「いや、ただの思い付きですがね……」

次郎吉が曖昧に、「お国の奴、方々の大名屋敷や大店の女中たちに可愛がられてやがるんで。何か手掛りが聞こえてこないかと思いましてね」

次郎吉のことだ。あてもなくお国を使いに出してはいないだろう、と千草は思った。

二人がお茶を飲んでいると、ちょうどお国が戻って来た。

「ご苦労だったな」

「いいえ」

お国はちょこんと座ると、「いただいたお駄賃で、途中お団子を食べて来ました」

「そいつは良かった」

と、次郎吉は微笑んで、「何かつかめたかい?」

「次郎吉兄さんのにらんだ通りですよ」

と、お国は言った。「畑山様は殺された権三さんと同じ郷の出身です。そこから奉公に来てる女の子がいて、私、仲良しなんですけど、田舎じゃ、畑山様の話はよく知られているんですって」

「まあ、畑山様が」

と、千草が言った。「じゃ、権三さんからお金を借りていたのも、昔のよしみで……」

「ろくに返しちゃいねえでしょう」

と、次郎吉が言った。「それでも、人に容赦しない、あの権三が金を貸していたのは、何か人に知られたくねえ事情があったからだ」

「そんなことが……。でも狼とはどういう係りが？」

「そいつは直に訊いてみるしかありませんね」

「畑山様に？」

「いや、狼を飼いならしてる女にですよ」

と、次郎吉は言った。

「次郎吉さん、ご存じなの？」

「いえ、ちっとも。しかし、遠からず現われるでしょう。畑山様に会いにか、それとも寿賀に会いにか分りませんがね」

廊下をバタバタと駆けて来る足音がして、

「旦那様！」

と、金山沢治郎が声をかけた。「起きて下さい！」

「――何だ」

襖の向うで声がした。

「火が――。納戸から火が出て、台所が燃えております！　すぐに外へ」

「火事？」

寿賀の声がした。

「失礼いたします」

金山が襖をガラッと開けると、布団に、ほとんど白い肌を露わにして、寿賀が起き上ったところだった。

「お急ぎ下さい。火はすぐ回ります。今、近隣の者が消そうとしてくれていますが」

「分った。お前は康代を頼む」

「かしこまりました」

金山が駆けて行く。

「逃げましょう！」

寿賀が寝衣をはおって、急いで帯をしめると、「ね、急がないと――」

「わしはいい」

と、畑山は首を振って、「もう疲れた。お前はまだ若い。早く逃げろ」

「そんな……。私一人でどこへ行けって言うの？」

と、寿賀は心細そうに言った。

「しかしな……」

「ともかく立って！　お願い！」

寿賀に手を引張られて、畑山は渋々布団から出ると、

「こんな恰好では……風邪をひく」

「命が大事でしょ！」

寿賀が畑山の背中を押して、廊下へと出た。

白い煙が廊下に漂って来ていた。

「外へ出ましょう！　ともかく庭へ！」

寿賀は廊下の雨戸を開けた。古いので、いつもは開けるのに苦労するのだが、必死になると力が出るものだ。

「早く早く！」

と、せかして裸足のまま庭へ下りる。

ろくに手入れしていない庭は、雑草が伸び放題になっている。

「早く水をかけろ！」

「こっちへ先に！」

と、怒鳴る声が聞こえている。

一旦炎上したら、火が回るのは早い。近隣にも燃え広がるかもしれない。

「怖い……。大丈夫かしら」

夜風に震えながら、寿賀は畑山の腕をつかんで体をすり寄せた。

そのとき——雑草の奥から、「ウー……」という低い唸り声が聞こえた。

「何、今の……」

寿賀はこわごわ振り向いて、そこに灰色の狼が現われるのを見て、息を呑んだ。

「あれ……」

寿賀に言われるまでもなく、畑山も振り返っていた。

そして、その狼の後ろから、一人の娘が現われた。暗い庭だが、開けた戸から差して来る明りの中に立っていたのは——もう一人の寿賀だった。

「この人……」

寿賀が呆然として、「誰なの？」

畑山が青ざめた顔で、その娘を見つめて、

「生きておったのか……」

と、呟くように言った。

寿賀とそっくりの顔立ちだが、印象は全く違う。険しい眼差しと厳しい面立ちは、生きて来た日々の苦しみを刻んでいた。

「あんたは双子の片割れ」

と、娘は言った。「やっぱり似たもんだわね」

「双子？　私とあなたが？」

寿賀が目を見開いて、「でも――どうしてあなたがそんな化物を……」

「化物なんかじゃないわ。一緒に育ったのよ、私はこの子と」

と、娘は言った。

「でも――どうしてお父っつあんを殺したの！」

と、寿賀は言った。「私のことも、その狼に食い殺させるつもり？」

「その答えは、そこの殿様が知ってるわ」

「え……」

「そんなにわしを恨んでいたのか」

と、畑山は言った。

「我が子を捨てた親なら、恨んで当り前でしょう」

それを聞いて、寿賀は畑山からよろけるように離れると、

「我が子、って……。じゃ、私もあなたの娘なの？」

「今さらどう言っても仕方ない」

と、畑山は言った。「お前はもう、一人前の女だった」

「獣だって、そんなことはしないわよ」

と、娘が言った。「死ねばいい！」

狼がじりじりと進んで来る。――そのとき、

「待ちな」

と、声がした。

屋根を見上げて、娘が匕首を抜いた。

「あんたは――」

「〈鼠〉って名で、ちょっとは知られてる者さ」

「そうだったのね。私の邪魔をしないで！　あんたには係りのないことでしょ」

「そうともさ。しかし、これ以上、罪を重ねさせたくねえ」

「私の勝手よ！」

「そうじゃねえ。あんたが一緒に育ったというその狼のことだ」

「――この子のこと？」

「恐ろしい化物って評判になってるのを知ってるだろう。あんたが権三さんや畑山様を恨むのはいいとしても、そいつが血に飢えた怪物と言われるのは可哀そうじゃねえか？　どんなに逃げても、いずれは鉄砲で撃たれ、突き刺されて殺される。そうなってもいいのか？」

次郎吉の言葉は、娘の胸に響いたようだった。娘がためらう。

そのとき、

「誰か助けてくれ！」

と叫んで、畑山が廊下へと駆け戻ろうとした。

「逃げるな！」

と、次郎吉が叫んだが、そのときには狼が地を蹴って背後から畑山に襲いかかっていた。

寿賀が叫び声を上げる。狼に押し倒されて、畑山は首の後ろを深々とかまれ、血がふき出した。

「だめよ！」

娘が声をかけたが、狼は頭を上げると、寿賀の方を向いた。

「殺さないで！」

と、寿賀が地面に倒れて、必死で這った。

「やめなさい！」

娘が狼へと駆け寄る。しかし狼は牙をむいて、娘へと赤い眼を向けた。

「血の味に酔ってるんだ」

と、次郎吉は言った。「あんたも殺されるぜ」

そのとき、

「早く逃げろ！」

という声がした。「火が回るぞ！」

いきなり、廊下に炎が広がって来た。

「屋敷が燃える」

と、次郎吉は言った。「もう終りにするんだ」

娘は、唸り声を上げる狼へと身を投げ出すようにして抱きついた。牙が娘の肩に食い込む。

娘が歯を食いしばって、狼をそのまま抱きしめると、狼は我に返ったかのように牙を抜いた。娘の肩が血で染った。

「いいのよ。——あんたは私の兄弟。どこまでも一緒よ！」

娘は、地面に座り込んでいる寿賀へ目を向けると、

「死なないでね！」

と言った。「あんただけは、生き残って」

「私……」

娘は狼を抱きかかえたまま、廊下に渦巻く煙の中へと駆けて行った。一瞬の後、炎が廊下を充たした。

そして——屋根から、〈鼠〉の姿は消えていた。

寿賀は、庭に崩れるように倒れた畑山を見ながら、ただ一人、呆然と座り込んでいた。

畑山信近は、畑山家に婿養子に入る前、権三と同じ郷の庄屋の息子だった。旗本になってしばらくして、故郷を訪れた信近は、少年のころに可愛がっていた幼い少女が、美しく成長して権三の妻になっているのを知った。

江戸へ出て長者になりたい望みを抱いていた権三は、信近に後ろ楯になってもらう約束を取りつけると、引き換えに妻を一夜、信近に差し出した……。

「権三が自分の女房を旗本に差し出したことは、村でも知らない者はなかった。そして、その一夜で、権三の女房は身ごもったわけだ」

「――で、生まれた双子が、寿賀さんと、もう一人の娘だったのね」

と、小袖が言った。

「女房はお産が重く、死んでしまった」

と、次郎吉は言った。「権三は村に居辛くなり、信近を頼って江戸へ出ることにした。しかし、赤ん坊二人を連れての旅は大変だ。双子のうち、権三になついていた寿賀だけを連れて行くことにして、もう一人の赤ん坊を、地元の猟師に、押し付けるようにして、さっさと旅立ってしまった……」

――焼け跡から、獣の骨は見付からなかった。すっかり灰になってしまったのか、あるいは……。

「燃え広がらなくて良かったわね」

と、小袖が言った。

目の前の畑山の屋敷は、半分ほどが焼けていたが、折から降り出した雨に救われて、消し止めることができたのだ。

「――次郎吉さん」

やって来たのは、畑山の妻、康代だった。

「ご無事で何よりでした」

「ありがとう。でも――」

と、康代は息をつくと、「夫が死んで、畑山の家はもう失くなってしまいます。私は実家に戻って、町人の暮しをしますよ。ずっと気楽でいられる」

「そうかもしれませんね」

「それに――あの寿賀という子、どこぞへ嫁に出すくらいのことはしてやりたいと……。夫の子なのですものね」

次郎吉から聞いていた康代は、こだわりのない口調で、「思えば可哀そうな子ですね」

――双子の娘のことは、康代にも話していなかった。畑山は狼に襲われて死んだ、哀れな犠牲者ということになった。

「戻るか」

次郎吉は小袖を促して、畑山の屋敷を後に歩き出した。

「ああ、次郎吉さん」

千草がお国を連れてやって来た。

「診療ですか?」

「火事で火傷をした人が何人かいるので」

と、千草は言った。

「あの狼を使ってた女は死んだんですかね」

と、お国が言った。

「たぶんね」

と、小袖が言った。「焼け落ちた天井や屋根の下で、遺体はどうなったか分らないけど」

「千草さん」

と、次郎吉が言った。「あの寿賀が、わけの分らない怯えに取りつかれていたのは、やっぱり双子には何か感じ合うものがあったんですかね」

「さあ、どうでしょう。——そういう研究は、オランダでもまだ進んでないようですよ」

「そうか。まだ分らねえことがいくらもあるんですね」

「もちろんです。医者が治せる病なんて、ごくわずかですよ」

と言って、千草は、「では――」

と会釈して行った。

「おい、お国」

と、次郎吉は呼び止めて、「お前が調べてくれたおかげで、事情が分った。ありがとうよ」

「どういたしまして」

と、お国はちょっと得意げに、「またご用のときはいつでも」

――自分を育ててくれた猟師が病に倒れたとき、娘は権三に医師にかかる費用を頼む文を出した。しかし、権三は何の返事もしなかったのだ。

猟師の死で、飼っていた狼と共に取り残された娘は、権三と畑山への恨みを抱いて江戸へやって来た……。

「あら」

と、小袖が足を止めた。

米原広之進が駆けて来たのである。

「小袖さん！」

「広之進様、どうしたのです？」

「いえ——あの——」

と、息を弾ませて、「あの杉花という娘さんですが……」

「ああ、縁談のあった——」

「それです！　話を聞いたら、何と、好き合っている男がいるのだそうで。私の方から断ったら、喜んでいました」

「まあ、そうですか。でも——良かったですね、というのも何だか……」

「今日も後で道場へ行きます！　それでは！」

広之進が元気一杯で行ってしまうのを見送って、

「恋の病ってのも、当分治りそうもねえな」

と、次郎吉は言った。

鼠、恋心を運ぶ

しのび会い

夜空に呼子の音が鳴り渡って、

「何でしょう?」

やっと気付いた女が身を起こした。

「ああ……。何か捕物じゃないかな」

男の方は、ちょっと気の抜けたような声で返事をして、「誰か起き出してくるといけない。出ようか」

「はい」

女は素直に肯いて、「弥三郎様、お先に。私、後を片付けてから」

「そうかい? じゃ……」

弥三郎と呼ばれた男、羽織をサッとはおると、戸を開けて、素早く小屋から出て行った。

残った女は、下に敷いていた薄い布団のようなものをたたんで、わきへどけていた箱や包みを元の位置に戻した。

そして、着物の乱れを手探りで直すと、戸を細く開けて表を覗き、それから急いで出て行った。戸が静かに閉る。

——やれやれ！

次郎吉は体中で大きく息をついた。

息をするのも気を付けて、身動きせずにいたのだが、あの二人は短い逢瀬に夢中で気が付かなかったろう。

「参ったぜ……」

と、つい呟く。

こんな物置小屋に隠れたのは、忍び込んだ大名屋敷で手間取ってしまい、捕手がこの辺に網を張って待っていたからだ。

ここは〈紀州屋〉という大店の庭で、立派に手入れされた松や植込みに隠れるように小さな物置小屋がある。都合がいい、と隠れてやり過ごすことにしたのだが……。

そこへ、あの二人が現われたのだ。

「早く早く」

と、男の方がせかして、女が手慣れた様子で、たたんであった薄い布団らしきものを敷く。

そして男は女をほとんど押し倒すようにすると、息を荒くした。女が、

「弥三郎様……」

と、くり返し呟いているのを、次郎吉は聞かないわけにいかなかった。

むろん、二人の姿をそうはっきりと見たわけではないが、弥三郎という男は、着物の擦れる音からも、上等なものを身につけていた。おそらく、この〈紀州屋〉の主の倅だろうと思われた。

大番頭などにしては、声が若い。

女の方は名前を呼ばれなかったが、どう見ても下働きの女中辺りではあるまいか。

ともかく、まともに会っていられる仲でないことは確かだ。

店の若旦那が、若くてちょっと可愛い女中に手をつけた、というところではないか。

「ま、俺にゃ関係ねえや……」

と、次郎吉は呟くと、耳を澄まして、外の気配を窺った。

捕手たちらしい足音が、塀の外をダダッと駆け抜けてから大分たつ。呼子の音も聞こえて来ない。

よし、もう大丈夫だろう。

次郎吉は小屋の戸をスッと開けた。

目の前に、女が立っていた。

こいつは――さっき出て行った女だろう。戻って来たのか？

しかし、女の方は呆然として、突然目の前に現われたのが、果して本当の人間なのやら、分らずにいるようだった。

「声を出すな」

と、次郎吉は押し殺した声で言った。「どうして戻って来た？」

次郎吉に気付いていたわけではなかろう。

「あの……帯に挟んであった文を落としたようで……」

と、女は言った。

月明りに見ると、せいぜいまだ十七、八だろう。

「あなたは……」

「俺は〈鼠〉だ」

「まあ！」

「大きな声を出すな。この店から盗んだんじゃねえ。逃げる途中で寄っただけだ」

と、次郎吉は言った。「黙っててくれるか？」

女は肯いた。

「よし、早く失くしものを捜して帰れ」

女が急いで小屋へ入ると、すぐに出て来て、

「ありました！　おかみさんにでも見られたら大変。――あの……」

「行け。俺も出る」

と言って、ふと、「お前、名前は?」

「あの……お里です」

「そうか。じゃ、あばよ」

と行きかける次郎吉に、お里という女は、

「お気を付けて」

と、声をかけた……。


「ハハ……」

と、声を上げて笑ったのは、次郎吉の妹、小袖である。

「何がおかしい」

と、次郎吉が渋い顔をする。

「そのときの兄さんの顔を想像すると、笑っちまうわよ」

「おい……」

小袖の言う「そのとき」が何のときを指すのか、次郎吉はあえて訊かないことにした。

「でも、そのお里ちゃんって子も、びっくりしたでしょうね。いきなり〈鼠〉とご対面じゃね」

「顔はどうせ見えてねえよ」

「それにしても、兄さんも大したもんじゃない。そんな若い女中さんにも、〈鼠〉で通じるなんて」

「からかうな」

と、次郎吉は苦笑いした。

「私、道場へ行くわ。帰りは少し遅くなるかも」

と、小袖は言った。

「何だ。男と逢(あい)びきか？」

「違うわよ」

と、小袖は即座に言った。「道場にお客があるの。先生が私にもいてくれって」

「へえ。酒の相手でもするのか」

「そんなことやらせないわよ。私がすぐ辞めちゃうって分ってる」

「お前の師匠も大変だな」

と、次郎吉は笑って言った。

あら、あの浪人……。

小袖は、道場への道の途中で、居酒屋からフラッと出て来た浪人者に目をとめた。見憶えがあった。三、四日前に、道場へやって来て、「手合せを」と申し入れて来た男だ。

大体、まともな道場なら、どこの誰とも分らない手合いを受け付けない。浪人は、

「相手になるのが怖いのか」

と言いつのって、挙句に、

「帰ってほしければ、金を包め」

と、要求するのだ。

何のことはない。食うに困っての「押し売り」である。

むろん、面倒を嫌って、わずかの金をやって帰すこともあるのだが、小袖の道場では、そんな真似はしない。

「お引き取りを」

と言っても聞かなければ、小袖が、

「では、私がお相手します」

と告げるのである。

向うは「女が相手か」と、なめてかかるが、もちろんまともに立ち合って勝てるわけもなく、腰を痛めて逃げ帰るということになるのだった。

その浪人も、その一人。

しかし、普通の町娘としか見えない小袖のことが分らないようで、すれ違っても目にもとめなかった。

すると、

「弥三郎殿か」

と、その浪人が言うのが耳に入って、小袖は足を止めた。

弥三郎という名を、兄から聞いていたので、つい振り向いたのだ。

「昼間から酒ですか」

と、弥三郎という男は眉をひそめて、「大丈夫なんですか?」

「心配するな。酔うほどは飲んでおらん」

と、浪人は言った。

「前金を飲んじまったんじゃ? ——ま、いいでしょう。こっちへ」

と、浪人を促して歩き出すその様子に、小袖はどこかうさんくさいものを感じた。

その二人の後を尾けてみたい気持になったが、道場へ行くのが遅くなってはいけない。

いささか心を残しながら、小袖は道場への道を急いだ。

お役目大事

「お里」

と、声をかけられて、廊下を雑巾（ぞうきん）がけしていたお里は、

「はい、ちょっとお待ちを」

と、きちっと廊下の端まで拭（ふ）いてから顔を上げてびっくりした。

呼んでいたのは、何とこの〈紀州屋〉の主、伝之助（でんのすけ）だったのである。

「旦那様！　申し訳ありません！」

あわてて、たすきを外して小さくなる。

「いやいや、熱心に雑巾をかけてくれて、ありがたいよ」

と、伝之助はちょっと笑って、「お前に話がある。奥へ来ておくれ」

「はい」

奥へ、と言われて、体がこわばる。

この大店で、お里は新入りの下働き。伝之助の言う「奥」なる場所へ入ったことがない。

伝之助の後を、お里は道に迷った小犬のごとく、懸命について行った。

「——まあ、座りなさい」

と、主人に言われて、お里は、

「あの……」

と、ためらった。

「どうした？」

「いえ……。こんな立派なお座敷、お廊下の雑巾がけをしていたまんまの着物では、汚れてしまいます」

そこは、広い庭の一角にしつらえられた茶室だった。

お里も、こういう場所があることは知っていたが、足を踏み入れることはもちろん、近付くことさえなかった。

茶室の掃除や手入れは、怖い女中頭がすることになっており、ここへ奉公に来てすぐ、

「お茶室には、何があっても入っちゃいけないよ！」

と言われていた。

少しも日焼けしていない、青々とした美しい畳に、とても座る気になれなかった。

伝之助は笑って、

「私が座れと言ってるんだ。心配しなくていい」

「はあ……。それじゃ……」

お里は隅っこの方に、できるだけ小さくなって座った。

「おいおい、そんな所にいちゃ、話がしにくい。もっと近くにおいで」

何ごとだろう？　お里には、主人が何の用なのか、見当もつかない。

こわごわ、畳の目いくつ分か前に進んだが、

「もっと近くに。——もっと、もっと」

と、くり返し言われて、やっと茶室の真中辺りまで達した……。

「実は、お前に頼みたいことがある」

と、伝之助が言い出したので、お里はますますびっくりした。

「あの……」

「そう怖がることはない。——これを、ある人の所へ届けてもらいたいのだ」

と、伝之助がお里の前に置いたのは、立派な漆の箱に入った書状らしいもので、

「まあ、中に書かれていることが何なのかは知らなくていい。ともかく、この〈紀州屋〉にとっては、とても大切なことだと分っていてくれればな」

「はあ……」

知らなくていいと言われるまでもなく、お里は難しい読み書きができない。しかし——。

「旦那様……」

と、お里は恐る恐る言った。「私のような者が、そんな大切なものをお預かりしては……」

「うん。お前がそう思うのも無理はない」

と、伝之助は肯いた。「だがね、私はお前がこの店に来てから、折に触れて目を向けていた。お前は本当によく気が付くし、よく働いてくれる。何より、この〈紀州屋〉のためなら、命もかけてくれると私はにらんだのだ」

命も、と言われて、お里は目を丸くした。

「隠さずに言おう」

と、伝之助は膝(ひざ)を進めて、「これを届けるのは、危険な仕事なのだ。詳しいことは言えぬが、これを奪おうとする者がいて、それも力ずくで、本当に刀にかけて、襲って来るかもしれない」

「は……」

「本来なら、私自身か、それとも大番頭が持参しなければならない。しかし、それでは人目につく。どう急いでも三日、四日の旅になり、途上で何があるか分らない。たとえ用心棒を雇ったところで、向うはもっと手勢をくり出してくるかもしれない。――そこで思い付いたのだよ」

話を聞いている内、お里の顔は青くなっていたのが、段々赤くなって来た。

「お前が一人でこれを持って出れば、誰もお前が大事な使いとは思わない。何か用で田舎へ帰るのか、とでも思われるだろう」

と、伝之助は言った。「どうかな。やってくれるかね」

お里は座り直した。

「旦那様。どうしてそんな大事なお役目を私に……」

「お前を信じているからだ」

と、伝之助は即座に言った。「私も〈紀州屋〉の伝之助だ。人を見る目は持っているつもりだよ。くり返すが、お前は下働きをしていても、心から打ち込んで働いてくれる。お前のことは信じていいと思ったのだ」

「旦那様……」

お里は目に涙をためて、「私なんかを、そこまで……。ありがとうございます！」

と、顔を伏せた。

「引き受けてくれるか」

「はい！　もちろんです。命にかえても、お届けします！」

お里は声を震わせた。

「だが、承知しておいてくれ。全く危険がないとは保証できない。娘一人でやるのは心配だが、誰かをつければ却って目につこう」

「はい！　私一人で、何がありましても」

「心強いよ」

と、伝之助は微笑んだ。「ああ、それから……」

「はあ」

「弥三郎とのことは知っている。若い者は、つい、せっかちになるものだ」

お里が真赤になった。

「あの……申し訳ありません！　弥三郎様が悪いのではありません。どうぞ叱らないでいて下さいませ」

「私だって、弥三郎の年ごろには、結構遊んだものだよ」

と、伝之助は笑って、「まあ、お前には気の毒だが、弥三郎の嫁にするというわけには……」

「もちろんでございます！　そんな大それたことは考えてもおりませんので」

と、お里はあわてて言った。

「しかし、今度の役目をお前が無事果してくれたら、私が〈紀州屋〉の名にかけて、お前に立派な婿を見付けよう」

「旦那様……」

「話はそれだけだ。できれば、明日の内に仕度をして、夜の間にでも出発してくれ」

「かしこまりました」

と、お里は言った。「あの……それで、その大切なものを、どこまで届ければよろしいので？」

「そうだった」

伝之助は苦笑して、「肝心のことを。いやはや、私ももう年齢だね」

「いえ、そんな……」

「ここに地図がある」

と、伝之助は懐から折りたたんだ紙を取り出して、「これを見れば分ると思う。それと、先方にこの地図を見せれば、お前の身許を保証することになる。大事に持っていておくれ」

「はい！」

うやうやしく押しいただくように、その地図を受け取ったお里は、それを懐へ入れ、

「では、これで……」

「うむ。今の話、店の者にも他言無用。いいな」

「誓って他言いたしません」

と、お里は力強く言った……。

茶室を出たお里は、他の女中の目にとまらぬ内に、と廊下を急いだ。

そして、角を曲ろうとしたとき、いきなり腕をぐいとつかまれ、思わず叫びそうになった。

「私だ」

「弥三郎様！　ああびっくりした！」

と、お里は胸に手を当てた。

「こっちへ」

と、弥三郎はお里の手を取って、人目につかない離れの方へ連れて行くと、「茶室で何をしていた？」

「あの……」

「親父から話があったのだな」

と、弥三郎は言った。「お前、まさか引き受けはしないだろうな」

「そんな……。旦那様に言いつけられたら、お断りすることなんて……」

「殺されるぞ！　向うはうちに出入りする者を見張っている。お前は江戸を出ない内に殺されて、その箱を奪われるだろう」

「でも……もしかしたら、無事に届けられるかもしれません」

「お里。——私は、親父からその話を聞いたとき、反対した。みすみすお前を死なせるわけにいかない」

「ですが、弥三郎様」

お里はゆっくりと、かみしめるように言った。「この文は、お店のために、とても大切なものなのでしょう？　それなら、なおのこと、私を信用して預けて下さった旦那様のお気持にお応えしなければ。——ご心配はありがたいのですが、私はもうお引き受けしてしまったのです」

「お里……」

「たとえ死んでも、お店のため、弥三郎様のためと思えば、私は満足です。ただ、これを届けられないとしたら、申し訳ないですが」

「そこまで言ってくれるのか」

弥三郎はお里を固く抱きしめて、「お里、ありがとう！　本当なら私が行けばいいようなものだが……」

「とんでもない！　弥三郎様はお店にとって大切な方じゃありませんか」

「お里……。約束する。もしお前がこの役目を果して、無事に戻って来たら、お前は私の妻になる」

「そんなことが……」

「誰にも反対させるものか。たとえお前と駆け落ちしてでも、私は約束を守る」

「弥三郎様！」

お里は、感激のあまり、泣きながら弥三郎の胸に顔を埋めた。

弥三郎の目は、廊下の奥に、じっと立っている父、伝之助を見ていた。

弥三郎が小さく肯いて見せると、伝之助は足早に立ち去ったのだった……。

旅と影

「今日は広之進様、いつになくふさぎ込んでてね」

と、小袖が歩きながら言った。「どうしたのかと思ったら、可愛がってた猫が死んじゃったんですって。とても広之進様になついていたそうでね、その猫の話をしながら、涙ぐんでるのよ。――いい人だわね、本当に」

そして、いつの間にか、隣を歩いているはずの次郎吉がいないので、振り返ると、次郎吉は足を止めて、何やら眺めている。

「――何してるのよ！　人にしゃべらせといて」

と、文句を言いつつ戻って行くと、

「あの娘だ」

「え？」

「ほれ、そこで草鞋（わらじ）を買ってるだろう」

荒物屋（あらもの）で草鞋を三足買って、それから安物の杖（つえ）を選んでいる。

「あの娘が……」

「例のお里だ」

「ああ、そうなの」

と、小袖は肯いて、「旅に出るのかしら」

「そのようだな」

手ごろな杖が見付かったらしい。銭を払って、いそいそと立ち去ろうとするが——。

「兄さん」

と、小袖が声をひそめて、「あの浪人」

「うん？　——あいつか。どうかしたのか」

と言って、「お里の後を尾けてるな」

「気になるわ」

「どうしてお前が？」

「あの浪人、知ってるの」

と、小袖は言った。「道場荒しに来て、私が追い返したんだけど。あの浪人、『弥三郎』って男と、何か企(たくら)んでるみたいだった」

「何だと？」

次郎吉が眉を寄せた。


「おそばはやっぱり江戸がおいしいですね！」

と、お里が元気な声を上げる。

同じ店に入っていた次郎吉と小袖は、思わず顔を見合せて微笑んだ。

「――あ、次郎吉兄さん」

戸が開いて入って来たのは、仙田良安の診療所で働いているお国だ。

「お国ちゃん、一人？」

と、小袖が訊くと、それに答えるように千草が入って来た。

「まあ、小袖さん。お元気？」

と、千草は言って、近くにかけると、「診察の帰りなの。診療所に戻ると、食べる時間なんてないから」

「忙しいんですね」

と、次郎吉は言った。

「このところ、次郎吉さんもご無事のようで何よりですね」

「そう言われると……」

ちょくちょく物騒なことで千草の世話になっている次郎吉としては、頭をかくしかない。

「小袖さん」

と、お国が言った。「私に剣術、教えてくれませんか？」

「お国ちゃんが、剣術習ってどうするの？」

「だって、千草先生について、夜中に診察に出かけることもあるし。万一襲われたときは、千草先生を守らないと」

「何言ってるの」

と、千草が苦笑して、「お国ちゃんは、さじの使い方を覚えればいいのよ」

「でも、世の中、結構おかしな奴がいますから」

お国の大人びた言い方に、次郎吉たちはつい笑った。

すると――。

「あの……ごめんなさい」

そばを食べ終えたお里が、次郎吉たちの方へやって来たのである。

「何か？」

と、小袖が訊く。

「すみませんけど……。ちょっとお訊きしたいことが」

「何かしら」

「これなんですけど……」

と、お里は懐から折りたたんだ紙を取り出して広げた。

「地図のようね」

「この通りの道で、おつかいに出るんですけど……。あの……村の名前とか、道の分れてる所とか、私、漢字が読めねえんで、かなで、そばに書いていただけないでしょうか」

「ああ、いいわよ、もちろん」

「じゃ、小袖さん」

と、お国が持っていた薬箱を開けて、「筆がありますから」

「それじゃ、借りるわね」

小袖はその地図に書かれた地名や、目印の池や滝などの名を、かなで書いてやった。

「——ありがとうございます！」

と、お里はホッとした様子で、「ちゃんと字が読めるようにならねえと、と思ってるんですけど」

「遠くまでおつかいね。ご苦労さま」

と、小袖は言った。

「いえ、歩くのは何里でも平気です」

と、お里は言った。

お里はくり返し礼を言って、店を出て行った。

「兄さん……」

「ああ。あの紙の隅に家紋が入ってたな」

「私も見ました」

と、お国が言った。「あれ、〈平山藩〉のですよね」

「よく分るわね」

「千草先生と、何度か伺ってますもん」

と、得意げに言った。

「〈平山藩〉ってえと、あの地図の行先じゃなさそうだな」

と、次郎吉が言った。

「そうですね。むしろ逆の方角ですよ」

と、千草が言った。「次郎吉さん、何かあの子と係りが？」

「え？　いや、別に……」

と、あわてて首を振る。

「隠したってだめですよ」

　と、お国が言った。「千草先生は、人の顔色を見て、嘘つきはすぐ見破るんですからね！」

「おい、人のことを、嘘つきはねえだろう。まあ、ちょっとした縁はあるがね」

「ほら、やっぱり！　あの人に惚れてるんですか？」

「馬鹿、からかうな」

　やり合っている次郎吉に、

「兄さん、あんな若い子が、どうして旅に……」

「それも、一人旅だな、おそらく」

「そうでしょうね。誰かが一緒なら、地名の読み方を私たちに訊かなくてもいいでしょうからね」

　聞いていた千草が、

「〈平山藩〉ね……」

　と、首をかしげて、「何か聞いたような気がするわ、〈平山藩〉のこと」

　すると、お国がアッという間にそばを食べ終えて、

「私、心当りがあるんで、訊いて来ます！」

　と、立ち上り、次郎吉たちが止める間もなく、店を飛び出して行ってしまった……。

「小川様」

廊下から、抑えた声がした。

「お菊か」

「はい」

「入ってくれ」

静かに部屋へ入って来た奥女中のお菊。布団に起き上った小川麻右衛門へ、

「お邪魔ではございませんでしたか」

「おい……。それではまるで拙者が夜ごと誰かを引き込んでいるみたいではないか」

と、渋い顔をする小川を見て、お菊はちょっと笑みを浮べて、

「失礼いたしました」

「それで——例の娘はもう発ったのか」

「明け方、まだ店の者が起きて来ない内に発つようでございます」

「そうか。あの浪人……。野田といったか」

「さようで」

「あの男にしてみれば、江戸を離れてからでは面倒だろう。しかし、あまり人目のある所ではな……」

「それは申しておきました。少なくとも、江戸から一日二日離れてからに、と。それだけのものは、弥三郎殿が払っているはずですから」

「うむ……。手抜かりはないと思うが、ああいう金目当ての浪人などはあまり信用できんからな」

「その辺は、多少危うい思いをご辛抱されなくては」

「うむ、分っている。――お菊、お前にはこんな企みの手伝いをさせてしまって、すまんと思っている」

「そのような……。小川様には何かとご恩を受けております」

と言って、「ただ……」

「うむ。何だ?」

「〈紀州屋〉のお里という女中が、哀れで」

「まあ……確かにな。まだ十七、八か」

「十七と聞いております」

「あの弥三郎という者、女ぐせの悪そうな男だな」

「ですが、〈紀州屋〉の息子。何といいましても――」

「分っている。お里、といったか。平山藩のために役に立ったと思えば……」

と言いかけて、小川は、「いや、娘は何も知らぬのだったな」

お菊は黙って目を伏せた。

――平山藩江戸上屋敷。小川麻右衛門は藩の重役である。

「ともかく、無事に終れば平山藩は安泰なのだ」

と、小川は自分に言い聞かせるように言った……。

旅は道連れ

じき、夜が明けるだろう。

浪人の野田左近は大きな欠伸をして、

「早く出て来い……」

と呟いた。

野田は〈紀州屋〉を見張っていられる道の角に立っていた。

少しずつ空が白んで、辺りも見えてくる。

そろそろか……。野田は刀の柄に手をかけた。

前金を受け取ったとき、弥三郎から頼まれていた。

「江戸市中ではやらないでくれ」

ということを。

江戸を少し離れてから、という話だったが、

「そんな面倒なことができるか」

と、鼻で笑った。

ともかく、あのお里という女中を斬って、漆塗りの文箱を奪えばそれでいいのだ。わざわざお里について歩いて、江戸を出るまで待つことなどない。〈紀州屋〉から出て来たところをバッサリやってしまおう。早いところ金をもらって、旨い酒にありつかなくては。

——夜明け前に出立する。野田は弥三郎からそう聞いていた。

そろそろ出て来てもいいころだ。

すると——道をやって来る巡礼たちの姿が目に入った。

どこまで行くのか、ずいぶん早立ちだ。十数人か。同じ巡礼のいでたちで、野田の見ている前を通り過ぎて行った。

「ご苦労なこった」

と、野田は呟いた。

巡礼たちの姿が見えなくなると、野田はじっと〈紀州屋〉の方へ目をやった。

しかし——一向にお里は現われない。

寝坊でもしやがったのか？

その内、正面の戸が開いて、小僧が眠そうに目をこすりながら出て来る。

そして女中も一人、二人……。

どうなってる？　野田は首をかしげた。

このままでは、人通りも出て来て、むやみに人を斬るわけにいかなくなる。

すると——中から弥三郎が出て来たのだ。

そして、野田の姿を見付けると、小走りにやって来た。

「おい、いつになったら出て来るんだ？」

と、野田は訊いた。「待ちくたびれたぞ」

「何を言ってるんです？」

と、弥三郎は言った。「もうとっくにお里は出かけましたよ」

「何だと？」

野田は目をむいて、「そんなはずはない！　明るくなるずっと前から、俺はここで見張っていたのだ。あの女中は出て来なかった」

「そんな……。だって、お里は確かに……」

「では——あの女は、いつの間にか旅立ったというのか？」

野田は愕然(がくぜん)として言った。

「なかなかやるぜ、あのお里って女中」

と、次郎吉は帰って来るなり言った。

「どうしたの？　お里さんが出立するところを確かめられた？」

と、小袖が訊く。

「それが……。例の浪人が隠れて待っているのに気付いて、俺も様子を見てたんだ。そしたらな、朝早く発った巡礼の一行が通りかかった。〈紀州屋〉の前をゾロゾロと通って——。人数が十三人だったのが、〈紀州屋〉の前を過ぎたら十四人になってた」

小袖が目を丸くして、

「じゃ、お里さんは——」

「前もって分ってたんだ。それで自分で巡礼の装束になって、一行に加わったってわけさ。——あの浪人と弥三郎がうろたえてたぜ」

「利口だわね！」

「まあ、今ごろは気が付いて、追いかけてるだろうがな。あのまま死なすのは惜しいな、あの娘」

「それじゃ……」

「ちょいと旅仕度でもするか」

「もうできてるわよ」

と、小袖は言った。

「お里ちゃん、この衣裳(いしょう)箱、運んでくれる？」

「はい！」

ピョンと飛び上るように立って、お里は駆けて行くと、かなりの大きさの箱を両手でヨッコラショと抱え上げて、

「どこへ運べばいいですか？」

と訊いた。

「あら、一人で持ったの？　手伝って、って言うつもりだったのに」

「これぐらい、どうってことないですよ」

「そう？　力持ちね、お里ちゃん。それじゃ二階の女たちの部屋へ運んでくれる？」

「承知しました！」

お里は、旅館の階段をトントンと上って、大きな箱を運んで行った。

「――悪いわね、あなた座員でもないのに」

と、先に部屋で寛(くつろ)いでいた女役者が言った。

「いいえ。私の方が無理言って、ご一緒させていただいてるんですから」

と、お里は言って、「この箱、この隅でいいですか？」

――お里の旅、三日目だった。〈紀州屋〉を、巡礼の一行に紛れて出立したお里。二日目に、巡礼たちと方向が違うので別れ、茶屋で一服しているとき、目の前を通りかかったのが、旅芸人の一座。荷車に芝居の道具や幕や、もろもろを積んで歩く十五人ほどの一座だった。

お里はとっさに、

「ご一緒させてくれませんか？」

と、声をかけていた。「どんなことでも、お手伝いしますから」

毎日、旅から旅へと、荷物を運んでの旅芸人たちは、誰もがくたびれていて、この突然の「助っ人」を喜んで受け入れてくれた。

そして今夜は、温泉はあるものの、雨が降ったらあちこち雨洩りしそうな安宿に泊ることになったのである。

お里は考えた。――一人で旅をしていたら、どこかで襲われたとき、まず逃げられない。

それなら、他の誰かと一緒に旅をすればいい。一人二人では危いが、あの巡礼たちや、この旅芸人たちのように、十人以上も一緒なら、そう簡単に手は出せないだろう。

もちろん、〈紀州屋〉の旦那に頼まれた書状は大切だし、一日も早く届けた方がいいのだろうが、急ぐばかりで殺されたら仕方がない。多少日数がかかっても、要は

「無事に先方に届けること」なのだ。

「──みんな！　ご飯食べとくれ！」

と、女座長が呼んだ。「手がないそうだから、台所で食べてくれって」

「はあい！　お里ちゃん、行こう！」

半ば外も同然の台所で、床に車座になってのご飯。──お里にとっては、どこで食べようと気にならない。

「あんた、丈夫そうね」

と、女座長がお里を見て言った。

他にほめようがないみたいだが、お里は、

「ありがとうございます」

と、ご飯をかっ込みながら言った。

「どうだい？　私たちと一緒に旅して歩かない？　その内、役者にだってなれるかもしれないよ。いつも人が足りなくて苦労してんだ」

「私、今大事なおつかいの途中なんです」

と、お里は言った。「でも、嬉しいです、誘ってもらって」

「そう。じゃ、その気になったら、いつでもおいで」

そのとき、壊れた戸の穴から、ノコノコ入って来たのは、昼間から一座について歩いていた野良犬で、すっかりやせこけた、白黒のぶち。どうにも「可愛い」とは言えない見た目だった。

「あら、あんた、ついて来たの」

と、お里は、その犬に、「ほれ、食べな」

ポンと生揚げをひと切れ投げてやった。

犬は必死になってかぶりつくと、アッという間に食べてしまった。

「お腹空いてるんだね。——お腹が空くと、人も犬も辛いのは同じだよね」

と、お里は犬に向って言った……。

「へえ、こんな宿にしちゃ風流だ」

と、女役者が、岩風呂に身を沈めて、「いいね！　温泉に入ると、疲れが取れる」

表の岩の間に湯が湧いている。白い湯煙が立ちこめていた。

「お里ちゃん、入んなよ」

「ええ。——いい湯ですね！」

お里も顎まで浸って息をついた。

一座の女たちの他にも、何人かの客が湯に浸っている。

「お里ちゃん、肌がきれいね」

「そうですか？」

「どこから来たの？」

「江戸です」

「じゃあ、いいもの食べてるんでしょ」

と、話が弾んでいるのを――。

岩のかげで、野田は聞いていた。

――畜生！　こんな所まで来させやがって！

早々と片付けたかったが、お里がなかなか一人にならない。

今なら……。外から岩をよじ上って、女たちが湯に浸っているのを覗く。

しかし、湯気が立ちこめて、どの女も裸だから（当り前だが）、どれがお里やら……。

きっとあの文箱は持って来ているだろうと思ったが、女たちの脱いだ浴衣は山のようになっていて、まさか探しに行けない。

「お里ちゃん、恋人がいるのね」

「何ですか？　そんな……」

という声がして、

「男のいる肌よ。恋してなかったら、そんなにすべすべしてない」

「やめて下さいよ！」

と、お里が照れている。

あれか……。お里は野田から近い所にいる。

そっと忍び寄ってひと突きすれば……。殺してしまえば、もう文箱を奪うこともない。

よし……。

岩の隙間をすり抜けるようにして、刀を抜いて近付くと……。

ザバッ！

「ワッ！」

頭から湯をかぶって、野田はあわてて逃げ出した。

「――どうかしました？」

と、お里が、お湯を素早く撥ね上げた近くの女にふしぎそうに言うと、

「いいえ。何だか狸みたいなのがウロウロしてたんで、追っ払ったの」

「山の中ですもんね……」

――お湯をかけたのは、もちろん小袖だった……。

「お世話になりました」

と、お里は何度も頭を下げた。

「気を付けてね！」

「また会えるといいわね！」

旅芸人の一座は、大きく手を振って、分れた道を行った。

一人になったお里は、

「さて、と……」

足を速めて、地図にあった道を辿る。

道も七割方やって来ていた。明るい内に先方へ着けるといいけれど……。

いささか寂しい峠道だった。前にも後にも旅人の姿はない。

しかし——大きく曲った道を辿った所で、お里は足を止めた。

四人の侍が、行手をふさぐように立っていたのである。

お里はちょっと会釈をして通ろうとしたが、

「待て」

と、侍たちがお里を取り囲んだ。

「何でございましょう」

と、お里は言った。「怪しい者では……」

「〈紀州屋〉の使いだな」

と、一人が言った。

「いいえ。そんな名前、聞いたこともありません」

「とぼけてもむだだ。お里という女が来ると分っておる」

「私はそんな者では……」

「届けるように言われているものを出せ」

「何のことやら……」

と、お里はキョロキョロして、「私が何を持ってると？」

「文箱を預かっているはずだ。素直に渡せば許してやる。知らぬというなら、斬り捨てるぞ」

と、刀の柄に手をかける。

「そんな無茶な！」

と、お里はキュッと唇をかんで、侍たちをにらむと、「じゃ、私がそれを持ってなきゃいいんですね！」

お里は、肩からさげた布袋を逆さにして、中身を落とすと、

「宿屋でいただいたおにぎりと手拭いですよ！」

「どこかへ隠し持っているな！」

「それじゃ、どうぞ」

と言うと、お里は帯を解き出した。

そして、着物を次々に脱いでいくと、侍たちが唖然(あぜん)としている前で、丸裸になったのである。

「さあ、どうぞ、そんな大事なもの、どこに隠したか、調べて下さい！」

侍たちは顔を見合せた。――一人が咳払(せきばら)いすると、

「いや……。人違いだったようだ」

と言った。「すまなかった。行っていい」

「さようですか」

お里は脱ぎ捨てたものを手早く着ると、「――それじゃ、失礼します」

と言い捨てて、さっさと先を急いだ。

侍たちは、しばし言葉がなかったが――。

「どうなっておるのだ！」

「もしや、別の道を……」

四人は一斉に駆け出した。

その様子を、木立ちの間から見ていた次郎吉と小袖は、

「兄さん……」

「うん。——ありゃ大した子だ」

と、次郎吉も舌を巻いている。「こいつは何があっても、しまいまで見届けなくちゃならねえな……」


この道だわね……。

お里は、山の中の細い道を辿って行った。

あの地図の通りなら、この道に違いないのだが……。

昼なお暗いという森の中の道だった。しかし、ここを抜けると、もう目指す場所は近いはずだ。

お里の足取りも、一段と速くなったが……。

「待て」

目の前に浪人が一人、現われた。「待っていたぞ」

お里は足を止めて、

「どちらさまですか？」

と訊いた。「お見かけしたことがないような……」

「俺の方はお前をよく知ってる。ずっと江戸からついて来たからな」

と、浪人、野田は言った。

「そうですか。ご苦労さまです」

野田はムッとしたように、

「人をなめているな。なかなかお前一人にならないので、とうとうこんな所まで来てしまった」

と、舌打ちした。「もっと早く片付けるつもりだったのだ」

「それで……私にどうしろと？」

「簡単だ」

と、野田は刀を抜いた。「死ねばいい。それだけだ」

「恐れ入りますが」

と、お里はさほど怖がっているとも見えず、「私、大事なものを届けなくてはなりません。斬るのはその後にして下さいませんか？」

と言った。

「それを届けさせないのが、俺の仕事だ」

「でも……私は好きなお方のためにも――」

「〈紀州屋〉の馬鹿息子のことか」

と、野田は笑って、「どうせ死ぬのだ、教えてやろう。俺は弥三郎に雇われて、お前を斬るのだ。むろん、金は〈紀州屋〉から出ている。分ったか」

「そんなこと……。でも、どうしてわざわざそんな面倒なことを？」

「いちいち説明してる暇はない。ともかく、お前の旅はここまでだ」

と、野田がお里へ一歩近付く。

そのとき、

「あんたの旅こそ、ここまでだぜ」

と、声がした。

「誰だ？」

茂みの中から現われた次郎吉を見て、お里は、

「そのお声……。〈鼠〉さんですね？」

と、目を丸くした。

「〈鼠〉だと？　そんな奴がどうしてこんな所にいるのだ」

「その娘さんにちょっとばかし縁があってね。それに、大事な文ってやつが金にならないとも限らねえ」

「貴様――」

野田が斬りつけるのを、次郎吉は素早くかわして、

「あんたの相手をするのは二度めだという奴がいるのでね」

「何？」

「――道場での手合せは手加減したけど、今度はそうはいかないわよ」

小袖が立っているのを見て、野田はカッとなって、

「刀の錆にしてくれる！」

と、小袖に向って斬りかかった。

小太刀が野田の首筋を斬り裂いて、血潮が飛んだ。

「キャッ！」

と、お里は首をすぼめたが、「――あ、地図の読み方を教えて下さった……」

「あなたを守ろうと思ってついて来たけど、私たちなしでも大丈夫だったようね」

と、小袖が刃を拭って言った。

「〈鼠〉さんもあのとき……。そうだったんですね！」

と、お里は目を丸くするばかり。

「残念だが、こいつの言った通り、お前は初めから旅の途中で斬られて、文箱を奪われることになっていたんだ」

と、次郎吉は言った。

「でも、どうして……」

「〈紀州屋〉は平山藩のために、ご禁制品の抜け荷をやっていた。それが老中の知るところとなって、このままでは〈紀州屋〉が罪に問われる。それで、〈紀州屋〉はお

そらく抜け荷の記録を、御三家の一つへ届けて、赦してもらおうとしたんだろう」

「それがあの文箱の中身ですか？」

「中を見なきゃ、本当のところは分らねえが……。お前、さっき裸になって見せていたが、文箱はどこに隠してるんだ？」

と、次郎吉が訊くと、お里は真赤になって、

「見てたんですか？——お恥ずかしいです！」

「いや、感心したぜ。お前の度胸は大したもんだ」

「文箱は捨てました」

「捨てた？」

「箱じゃなくて、中身を届けるのが大切なんだと思って、中身を出して箱は捨てたんです」

「それで——」

「中の書状は、忠実な子分が持ってます」

「お前の子分？」

「はい！」

お里が指を口に入れて、ピーッと鳴らすと……。白黒のぶちの犬がトットッと駆けて来た。

「お腹の空いてるときに、生揚げをやったんです。犬は恩を忘れません」

犬の背中に、油紙にくるんだものがくくりつけてあった。

「いい子ね！」

お里が頭をなでると、犬は目一杯尻尾（しっぽ）を振った。

次郎吉と小袖は、笑うしかなかった。


「野田の奴、何をしてやがる……」

と、弥三郎はブツブツ言いつつ、夜ふけに店へと帰ろうとしていた。

酔って、足元は危ういが、不機嫌は直らない。──野田がとっくにお里を片付けたはずだが、その報告がない。

父親は胃を悪くして寝込んでしまった。

「情ねえ」

と、弥三郎は舌打ちして、「そんなことで商売なんかやれるか。少々人を泣かせるくらいのこと、当り前だ」

と、誰に言うでもなく、ひとり言を言っていたが──。

「弥三郎様」

という声に、足を止めて、

キョロキョロと見回すと、暗い道の奥に、提灯をさげて立つ女の姿……。

「お前……」

弥三郎は目を一杯に見開いた。「まさか……」

「ごぶさたしております」

と、お里は言った。「お元気そうで何より……」

「お前……。どうしてここに……」

「ちょっと遠い所から参りました」

と、お里は言った。「お約束でございましたよね。夫婦になろうと。――あなたを連れに参ったのです」

「おい……。迷ったのか？　俺は何も……何も知らない！」

弥三郎はガタガタ震えて、動けなかった。

「弥三郎様……」

と、お里が近寄る。

そこへ、弥三郎の頭にベチャッと冷たい濡れ手拭いがかぶせられ、弥三郎は、

「ギャーッ！」

と、ひと声、気を失ってしまった……。


「誰か呼んだか？」

小袖が濡れた手を拭いて、

「これでいいの、お里さん？　いずれ〈紀州屋〉は取り調べを受けるでしょうけどね」

「もう充分です」

と、お里は言った。「お店が潰れたら、働いてる人たちが仕事を失くすんですもの。気の毒です」

「あなたは……。若いのに、強い子ね」

「いいえ。でも――貧乏人は騙されつけてますから。貧しい百姓なんか、いつも偉い人に嘘をつかれてるから、慣れてるんですよ。私だって――弥三郎さんの言葉を信じたかったけど、心の中じゃ、分ってました。こんなこと、あるわけがない、って」

お里は微笑んで、「ほんのひととき、夢を見せてくれただけで充分……」

と、白目をむいて気絶している弥三郎を見下ろした……。


「抜け荷の証拠になるやりとりの書状を届けようとしたが、途中、何者かに襲われ、奪われた、と言い逃れることにしてあったんだ」

と、次郎吉は言った。「そいつは届け先の御三家の方でも承知で、その代り、平山藩と〈紀州屋〉が何万両だかを貢ぐことで話がついていた」

「その口実に、お里ちゃんが殺されることになってたの？　ひどい話ね」

「話をかぎつけた他の藩の侍たちが、平山藩の不正を暴く書状を手に入れるため、あそこでお里を待っていたんだな」

「でも、お里ちゃんの方が上手だった。——大した子だわ」

二人は屋台で、おでんをつまんでの帰り道だった。

「で、どうなったの？」

と、小袖は訊いた。

「もちろん、あの油紙の包みを平山藩の小川って重役の所へ持って行って、買い取らせたよ」

と、次郎吉は言った。「しかし、小川って侍、お里が無事だったと知って、喜んでたぜ。俺も、金の半分はお里にやろうと思ったんだが……」

お里は、

「慣れないものを持つと、いいことはありませんから」

と断って、江戸から姿を消した。

ただ、田舎の家に少しばかりの金を届けてくれ、と頼んで。

「——きっと幸せになるわよ」

と、小袖が言った。

「ああ。あの度胸ならな」

と言って、次郎吉は伸びをした。

——もちろん、次郎吉たちは知らなかったが、ずっと遠くを回っていた旅芸人の一座に、ぶちの犬を連れた娘が一人、加わっていたのである。

解説

藤田香織（書評家）

二〇〇四年末、赤川次郎氏初の時代小説として、シリーズ第一冊目となる『鼠、江戸を疾る』の単行本が刊行されてから、早いものでもうすぐ二十年になります。

作家の内田康夫氏が、第五弾『鼠、剣を磨く』の文庫解説で、かつて赤川さんと対談した際、時代小説は調べなくちゃいけないから無理だし苦手だと仰っていたのに……と記されていましたが、にもかかわらず本書『鼠、十手を預かる』で、シリーズは十二冊目。今や「赤川次郎が時代小説を書いている」ことは、赤川作品ファンの方のみならず、広く知られるようになりました。とはいえ、数多ある赤川さんのシリーズ作と同じく、いつ、どこから読んでも楽しめるので、本書で「鼠」を初めて手にとった方もご安心を。時代小説自体をあまり読んだことがない、という方でも、すんなり江戸の世界へ入っていけること確約です。

主人公の次郎吉は、通称「甘酒屋」と呼ばれてはいるものの、甘酒を売ったことは一度もなく、ふらふらしている自称遊び人。ともあれ、周囲の人々の困りごとや厄介ごとに、巻き込まれたり首を突っ込んだりして何かと頼りにされている――というのが表の顔で、夜ともなれば江戸に建ち並ぶ武家屋敷や大店に忍び込み、宝を狙う盗賊「鼠」としての裏の顔を持っています。

　モデルとなっている「鼠小僧次郎吉」が実在した大泥棒であることは有名ですが（ちなみに「鼠」と呼ばれるようになったのは、どこにでも入り込むから、という説が有力）、ドラマや小説でお馴染みの、盗んだ金品（三千数百両といわれています！）を貧しい人々に分け与えたという話は史実にはなく、呑む打つ買うの遊興費として使い、捕まった後は市中引き回しの上、磔、獄門（さらし首）という、江戸時代ではいちばん重い刑に処されたとか。

　本シリーズの「鼠」も、実在した鼠小僧と同様に、盗んだ金をばらまくような派手なことはしません。それでいて、本物とは違い、それなりの付き合いはあるものの、身を持ち崩すような遊び方もしない。鼠の本業である「盗み」にフォーカスするのではなく、副業にさえしていない次郎吉の「人助け」の人情味＆痛快さが主に描かれ、人気となっているのです。

　ところが、本書のタイトルは『鼠、十手を預かる』。貧しい江戸の庶民をあからさまに「金」で救うのではなく、文字通り身体を張って「趣味」として人を助けてきた鼠＝次郎吉が「十手を預かる」とは、これいかに。え？　もしかして、当代一の大泥棒といっても過言ではない、本来、追われる側なのに、罪人を追う側になるってこと……？　と大いに興味をそそられます。

　その、気になる表題作が収められているのは第二話。次郎吉と妹の小袖が、女医の千草とともに診療所へ向かう途中、追われてきた四人の男と遭遇し、押し込み（強盗）だと追ってきた目明しの定吉が転んで足首の骨にひびが入ってしまったことから、「十手」が転がり込んできてしまう。一般的に「目明し」とは、公儀の役人である同心が個人的に雇っていた、岡っ引きや御用聞きと同類とされていて、なので「差し当り、定吉の代りを、それそこの〈甘酒屋〉の次郎吉さんに頼みたいということに……」と同心の大谷左門の一声で決めることができたわけです。小袖曰く「あれで気が弱いんです。断りきれない」次郎吉は、十手を預かりはしたものの、見つけてみれば猫だった迷子探しや夫婦喧嘩の仲裁に翻弄され疲労困憊。そこへ夜毎廓に通い詰めている同心がいる、どうやらそれは大谷らしい、その金の出どころはどうなっているんだ？という問題が浮上してくる展開です。

　次郎吉の目明し仕事に対して同心の大谷から多少なりとも給金が支払われたのか否かはわかりませんが、この表題作に限らず、本書では「金」について語られる印象的な台詞が多々あります。大谷に斬りつけた犯人として次郎吉が目ぼしをつけた浪人・加藤正照が吐露する「お前などには分るまい。長く浪々の身でいると、食うためにはどんなことでもするようになる……。情ない、と自分で思っても、空腹には勝てぬ」。第一話の「鼠、無名橋の朝に待つ」で、酒の席で同輩を斬り出奔中の前田哲之助が心の底から絞り出す「貧乏だ」。「何よりの敵は、貧乏だ……」という呟き。「鼠、女にかげを見る」で、茶店で言いがかりをつける浪人に苦言を呈した紫乃が、居合わせた千草が医者だと知り語る身の上も、何気ないように記されているのに深く刺さります。紫乃が自分も医者になりたくて、父に長崎へ勉強に行かせてくれと懇願したが叶わず、その代わりに三十も年上の亭主を押し付けられた、と聞いた千草が、「私などは恵まれているのですね」と受ける場面です。多くの大名や幕府の要人を診ている名医・仙田良安の娘に生まれた千草は、父にならい治療費を請求できない患者も厭わず診ていて、「貧しさ」を知らぬわけではありませんが、今の自分があるのは誰にでも開かれた道ではないのだと嚙みしめる。赤川さんの小説には、いわゆる決め台詞ではなく、こうした何気なく書かれている言葉にもハッとさせられることが実に多い。

最終話の「鼠、恋心を運ぶ」は、個人的にシリーズ全話のなかでもとりわけ好きな作品ですが、無体を働く主に使いを命じられたお里が、旅の途中でやせこけた野良犬に食べものを与えながら言う「お腹空いてるんだね。——お腹が空くと、人も犬も辛いのは同じだよね」にも胸をうたれました。やがて紆余曲折の末、小袖に「あなたは……。若いのに、強い子ね」と言われたお里が返す「いいえ。でも——貧乏人は騙されつけてますから。貧しい百姓なんか、いつも偉い人に嘘をつかれてるから、慣れてるんですよ。私だって——弥三郎さんの言葉を信じたかったけど、心の中じゃ、分ってました。こんなこと、あるわけがない、って」も切なさMAX。できることならお里をぎゅっと抱きしめたくなるほどです。

第二弾『鼠、闇に跳ぶ』に収められている「鼠、八幡祭に断つ」で描かれた永代橋崩落が、実際に起きたのは文化四年（一八〇七年）であることから、本シリーズは実在の鼠小僧が「活躍」した文政六年（一八二三年）から天保三年（一八三二年）より、少し前の時代を想定して綴られているとみられています。いずれにしてもこの時代は、今よりずっと自由になることが少なく、生まれた場所や家によって人生が半ば決まったも同然でした。親や主の命令は絶対で、武士には武士の、町人には町人の揺るがぬヒエラルキーがあり、格差があたりまえだった社会。お家存続が何より大事だからこそ、本書の「鼠、女にかげを見る」のような事件が頻発し、旗本の次男である米原広之進は、「侍などに生まれるものじゃありませんよ」「どうも私は武道には向いていないのかも……」（『鼠、恋路の闇を照らす』所収「鼠、心中双子山の噂話」）と言いつつも身分を捨てることは難しい。紫乃のように、目上の者に従い、自分の置かれた立場を受け入れ生きていくのが常で、それには抗うことのできない諦め、やるせなさ、悔しさやもどかしさ、もっといえば虚無や絶望がつきまとっていたのです。

身分や職業問わず多くの人が、諦めることに慣れ、多くを望まず、夢を見ることもなく、「身の丈」にあった日々を死ぬまで生きるしかないなかで、甘酒を売らない甘酒屋の次郎吉はいってみれば異端の存在です。「鼠」も、集団に属しているわけではない一匹狼（鼠ですが）として動いている。誰に命じられることもなく、義務も責任もなく生きている（そうした意味でも「十手を預かる」のは珍しい！）。

これは持論でしかありませんが、次郎吉はその自覚があるからこそ、人の道に外れた悪人を許せず、まっとうに生きている人々の味方をしているのではないでしょうか。

かつて廓から「身請け」してきたお国（くに）や、本書のお里のように、知恵と勇気と努力で自らの道を切り拓（ひら）く者に、肩入れせずにはいられないのもまた然（しか）り。自由度は高いとはいえ、江戸の時代と変わらず、しがらみや絆（きずな）に縛られ、義理や人情に囚われ、納めなければならない年貢は増えるばかりでままならない令和の今を生きる身としては、次郎吉はどこか近しく頼もしく、あらゆる意味でその軽やかさを羨（うらや）ましくも感じるのです。

さて、最後に。先にどこから読んでも楽しめる、と記しましたが、本シリーズをこれから遡（さかのぼ）って読破してみようとお考えの方に、まずは一冊お勧めするならば、次郎吉と小袖が、今では欠かせぬ存在となったお国と千草に出会う話が収められている第三弾『鼠、影を断つ』を上げておきましょう。廓の下働きをしていた十二歳のお国が、なぜ千草のもとで助手を務めるようになったのか。次郎吉を「旦那さん」と呼ぶお国にも新鮮味があり、緊迫した状況での初対面でありながら、千草にじっと見つめられ、うろたえる次郎吉の姿もおがめます。今でいうところのぎっくり腰と思しき腰を痛めた武士に小袖が荒療治を施す場面もあり、もしや本書の「鼠、隠居を願う」で、お国が次郎吉に披露した「心得」は、小袖仕込みだったのかも……と想像するのもまた楽しい。この後、残念ながら次郎吉と千草の関係は、膝枕をしたり抱きしめたりもしているのに（でも色恋っぽさはない……）、これといった発展は見られませんが、「遡り読み」は、そんなこともあったのか！　と思う発見が醍醐味といえます。

　ねずみから始まる干支と同じくひと回りしたところで、これから先、どんな話が待っているのか。小袖と広之進、次郎吉と千草の恋の行方も気にならないわけではありませんが、密かに、以前第六弾『鼠、危地に立つ』で千草の父・良安先生が、お国の働きを褒め、「いずれ長崎にでも勉強にやろうかと思っております」と次郎吉に話していたことが実現するといいな、と思っています。となれば、次郎吉の性格的に、その費用を持つと言い出すに違いなく——。やはり隠居を願ってもいられませんね。

本書は二〇二一年一月、小社より単行本として刊行されました。

鼠、十手を預かる

赤川次郎

令和5年 9月25日　初版発行

発行者●山下直久

発行●株式会社KADOKAWA
〒102-8177　東京都千代田区富士見2-13-3
電話　0570-002-301（ナビダイヤル）

角川文庫 23825

印刷所●株式会社暁印刷
製本所●本間製本株式会社

表紙画●和田三造

ISBN 978-4-04-113869-4　C0193

◇◇◇

角川文庫発刊に際して

角川源義

第二次世界大戦の敗北は、軍事力の敗北であった以上に、私たちの若い文化力の敗退であった。私たちの文化が戦争に対して如何に無力であり、単なるあだ花に過ぎなかったかを、私たちは身を以て体験し痛感した。西洋近代文化の摂取にとって、明治以後八十年の歳月は決して短かすぎたとは言えない。にもかかわらず、近代文化の伝統を確立し、自由な批判と柔軟な良識に富む文化層として自らを形成することに私たちは失敗して来た。そしてこれは、各層への文化の普及滲透を任務とする出版人の責任でもあった。

一九四五年以来、私たちは再び振出しに戻り、第一歩から踏み出すことを余儀なくされた。これは大きな不幸ではあるが、反面、これまでの混沌・未熟・歪曲の中にあった我が国の文化に秩序と確たる基礎を齎らすためには絶好の機会でもある。角川書店は、このような祖国の文化的危機にあたり、微力をも顧みず再建の礎石たるべき抱負と決意とをもって出発したが、ここに創立以来の念願を果すべく角川文庫を発刊する。これまで刊行されたあらゆる全集叢書文庫類の長所と短所とを検討し、古今東西の不朽の典籍を、良心的編集のもとに、廉価に、そして書架にふさわしい美本として、多くのひとびとに提供しようとする。しかし私たちは徒らに百科全書的な知識のジレッタントを作ることを目的とせず、あくまで祖国の文化に秩序と再建への道を示し、この文庫を角川書店の栄ある事業として、今後永久に継続発展せしめ、学芸と教養との殿堂として大成せんことを期したい。多くの読書子の愛情ある忠言と支持とによって、この希望と抱負とを完遂せしめられんことを願う。

一九四九年五月三日

角川文庫ベストセラー

鼠、狸囃子に踊る　赤川次郎

女医の千草の手伝いで、一人でお使いに出かけたお国。帰り道に耳にしたのは、お囃子の音色。フラフラと音が鳴る方へ覗きに行ったはいいが、人っ子一人、見当たらない。次郎吉も話半分に聞いていたが……。

鼠、滝に打たれる　赤川次郎

「縁談があったの」鼠小僧次郎吉の妹、小袖がもたらした報せは、微妙な関係にある女医・千草と、さる大名の子息との縁談で……恋、謎、剣劇――。胸躍る物語の千両箱が今開く！

鼠、地獄を巡る　赤川次郎

昼は甘酒売り、夜は天下の大泥棒という2つの顔を持つ鼠小僧・次郎吉。妹の小袖と羽を伸ばしにやってきたはずの温泉で、人気の歌舞伎役者や凄腕のスリに出会った夜、女湯で侍が殺される事件が起きて……。

鼠、嘘つきは役人の始まり　赤川次郎

江戸一番の人気者は、大泥棒〈鼠〉か、はたまた与力〈鬼万〉か。巷で話題、奉行所の人気与力、〈鬼の万治郎〉。しかしその正体は、盗人よりもなお悪い!? 謎と活劇に胸躍る「鼠」シリーズ第10弾。

鼠、恋路の闇を照らす　赤川次郎

恋する男女の駆け込み寺は、江戸を騒がす大泥棒だった!? 昼は遊び人の次郎吉、夜は義賊の〝鼠〟。懸命に生きる町人の幸せを守るため、今宵も江戸を駆け巡る。活劇と人情に胸震わす、シリーズ第11弾。

角川文庫ベストセラー

スパイ失業
赤川次郎

アラフォー主婦のユリは東ヨーロッパの小国のスパイをしていたが、財政破綻で祖国が消滅してしまった。入院中の夫と中1の娘のために表の仕事だった通訳に専念しようと決めるが、身の危険が迫っていて……。

ひとり暮し
赤川次郎

大学入学と同時にひとり暮しを始めた依子。しかし、彼女を待ち受けていたのは、複雑な事情を抱えた隣人たちだった⁉ 予想もつかない事件に次々と巻き込まれていく、ユーモア青春ミステリ。

目ざめれば、真夜中
赤川次郎

ひとり残業していた真美のもとに、刑事が訪ねてきた。ビルに立てこもった殺人犯が、真美でなければ応じないと言っている——。様々な人間関係の綾が織りなすサスペンス・ミステリ。

台風の目の少女たち
赤川次郎

女子高生の安奈が、台風の接近で避難した先で巻き込まれたのは……駆け落ちを計画している母や、美女と帰郷して来る遠距離恋愛中の彼、さらには殺人事件まで！ 少女たちの一夜を描く、サスペンスミステリ。

過去から来た女
赤川次郎

19歳で家出した名家の一人娘・文江。7年ぶりに帰郷すると、彼女は殺されたことになっていた⁉ 更に原因不明の火事、駅長の死など次々に不審な事件が発生、文江にも危険が迫る。傑作ユーモアミステリ。